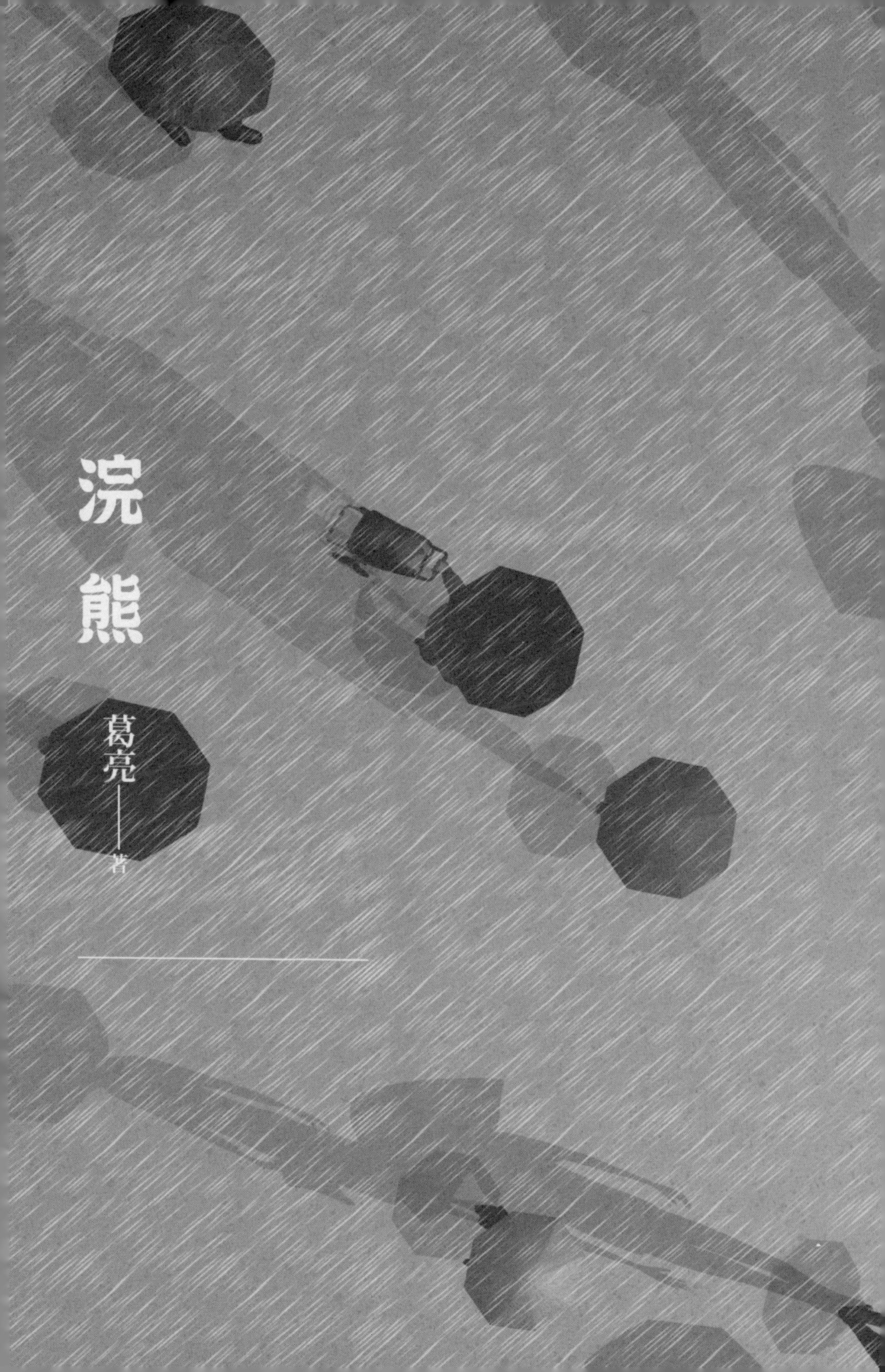

浣熊

葛亮——著

這城市的繁華，轉過身去，仍然有許多的故事，是在華服包裹之下的一些曲折和黯淡。當然也有許多的和暖，隱約其間，等待你去觸摸。任憑中環、尖沙咀如何「忽然」，這裡還是漸行漸遠的悠長天光。山下德輔道上電車盤桓，仍然也聽得見一些市聲。

——葛亮

目次

自序

浣城記

若干年前，看韋伯的《貓》，頗爲感嘆。美輪美奐在其次，更吸引我的，是對人類法則的模擬與些許的抗拒。在城市的某一個角落，這些動物聚集與歌舞，並以一個獨特的名字表達尊嚴。牠們極度仰慕權威與守護，也在背叛與漫長的和解中經歷成長。然而，當牠們終於對這世界感到厭倦，一條雲外之路（Heavy Side Layer）將成爲重生之始。這是人類望塵莫及的歸宿。

我始終相信，我們的生活，在接受著某種諦視。來自於日常的一雙眼睛。一隻貓或者一羽鸚鵡，甚至是甲蟲或是螃蟹。卡夫卡與舒爾茨讓我們嚇破了膽，同時感到絕望。我們不知道下一秒鐘會變成什麼模樣，更糟糕的，是在活得最興味盎然的時候分崩離析。城市人更是如此，誠惶誠恐，想像著自己站在過於密集的行動鏈條的末端，時刻等待著有一隻蝴蝶，在遙遠的大洋彼岸扇動翅膀。這就是我們被決定的命運。

在一次颱風過境之後，終於提筆，寫我生活的城市。這場颱風以某種動物爲名，因爲其行動的迅捷，且路徑奇詭。它爲島城帶來了強風與豐沛的雨，也帶來了不期而遇。

說起來，這城市並不缺乏相遇，大約由於地緣的匯集擁促，或者源生流徙的傳統。相遇而有了故事，有了關於時間的見證。見證別人，也見證自己。在每一個時代的關隘，彼此相照，不再悕悕惶惶。因此，歷史的因緣，幾乎成爲人與城市遇見的軌跡。百來年前，有個叫做王韜的人，抱著避禍之心，來到了這個被他稱爲「蕞爾小島」的地方。來了便不走了，作文章，辦報紙。老了，終究要回去。在這城市留下的足跡，卻帶不走。人生的逸出，這便不是宿命，是奇遇。

又過了許多年，這城市被另一人寫成了書。依然寫相遇，遇的是時世的變遷，翻手爲雲，覆手爲雨。這人叫做張愛玲。在港大讀書時，聽了一些往事，有關這位命運多舛的校友。身歷艱辛的光景，留一點物欲的貪戀，聊作安慰。半個世紀前的無奈與蒼涼，倏然定格於傾城，綿延至今。無從說起，「一些不相干的事」，命爲《傳奇》。

傳奇終有些英雄落寞，若誕生於日常，傷感也隨之平樸。都是舊事，如今的傳奇是個殼。這城市的底裡，已傳而不奇。一如它的華美，是給遊客展示的專利。

經歷了世紀末的節點，島上的新舊人事，眾聲喧譁。看似熱鬧了些，內裡卻其實有些黯淡。新的是時日，舊的是自己。做的，多是觀望，帶著夜行動物的表情，目以心靜。

這書中寫的，是在觀望中觸到的冷暖，一些來自經年餘燼，一些是過客殘留的體溫。也有許多的悵然，只因物非人是。不期然間，這城市的輪廓在慢慢地改變，愈見狹長的港口，和蜿蜒無盡的海岸線。

小說香港，爲這些年的遇見。

浣熊

You were just another sideshow
in a back street carnival
I was walking the high wire
and trying not to fall
Just another way of getting through
anyone would do, but it was you
You were just another sideshow
and I was trying not to fall

——Allan Taylor "Color to the moon"

一

她站在地鐵站的出口，有些無措。

路人已經走得缺乏章法，有的終於奔跑起來。眼前一只麥當勞紙袋隨風滾動，跟著行人身後亦步亦趨，最後在雨的擊打下疲軟，停在了街道盡頭的斑馬線上。雨似乎比剛才更大了一些。

她所在的地方，遠遠還眺得見時代廣場的巨型熒屏。曾姓政府長官在接受採訪，就奧運聖火遇襲的事情發表聲明。鏡頭忽然一轉，面目嚴正的女主播出現，螢幕左上角是個巨大的「T３」。

熱帶風暴「浣熊」，帶來惡劣天氣，天文臺發出今年首個紅色暴雨警報。澳門下午掛出八號風球。港澳噴射船停航。預計浣熊下午在陽江附近登陸。傍晚集結在香港以西約一百五十公里，預料向東北移動，時速約十八公里。進入廣東內陸，天文臺預測，間中仍有狂風雷暴。

她身旁的中年男人蹲下來，一只帆布包擱在地上。包帶上燙著殷紅的三角，這是本港著名快遞公司的標識。中年男人將制服上的扣子解開。汗餿味灼熱地暈出來。她側過身子，避了一避。聽到男人小聲地嘆了一口氣，說，黐線[1]天文臺。澳門掛咗八號，唔使返工（不用上班）。我們就掛三號。同人不同命，仆街得喇。

這時候天上無端響過一聲雷。雨如帷幕遮擋下來，鋪天蓋地。身旁的阿伯情緒失控，放大聲量繼續謾罵。她站在這幕後，心情卻由焦躁突然安靜。外面的世界，終於可以視而不見。

這是這份工作的第十五天，一無所獲。她開始盤算月底如何利用五千五的底薪度日。想一想，又有些慶幸，終於沒有淹沒在大學畢業生的失業潮裡。許是她做人的好處，永遠有一道值得安慰的底線。這底線令她退守了二十三年。

所有的景物都漸漸模糊，成為了流動的色塊。只有一種風混著液體迴旋的聲響。她閉了眼睛，聽這聲音放大，再放大。

風突然間改了向，鼓蕩了一下，灌進來。有人在慌亂間打開了雨傘，雨點濺到她的小腿上，一陣涼。她在失神間一個激靈，同時發現手裡的傳單掉落在地。一些在一瞬間被打得半濕。有一張，向地鐵站的方向飄浮了一下，她去追。在快要捉住的時候，傳單卻給人倉促地踩上一腳。那腳怯怯地往後縮了一下。她撿起來，紙張滴著水，濃墨重彩成了骯髒的顏色。

對不起。她聽到厚實的男人的聲音。略略側了一下臉，看到了一道茂盛的黑色鬢角。

她沒有說話，站起身，將這張傳單扔進了近旁的垃圾筒裡。然後慢慢向地鐵出口的地方走回去。

她把手裡的單張用紙巾使勁擦了擦，又重新整理了一下，取出塑膠封套裹上，碼碼緊，放回包裡去。包被她捧在胸前，過於大，令她的身形，顯得更小了些。

這時候，她看到一隻手伸過來，手裡捏著一張傳單。

「這張是乾淨的。」

她聽到。然後看到剛才的黑色鬢角，停頓了一下，看清楚了一張臉。是一張黧黑的男人的臉。

這樣膚色的臉在這城市裡並不少見。這城市有很多東南亞裔的人。印度，斯里蘭卡，巴基斯坦，菲律賓。他們早已與這裡水乳交融，同聲共氣。

但這張臉有些不同。她回一回神，終於發覺原因。問題出在細節。

通常，擁有這樣膚色的人，面目往往是熱烈的。他們的深目高鼻，微突的顴骨和下頷，都在將這種熱烈的表情變得更為具體。而這張臉，具備所有的這些特徵，卻都略略收斂了一些。感染力由此欠奉，並且和緩了下去。粗豪因而蛻變，走向了精緻一路。

好在稜角留了下來。她心裡想。

嗨，你還好嗎？發現這張臉俯下來，有些憂心忡忡地看她。

她接過傳單，順便說了聲，謝謝。

1. 粵語粗口，意即「神經病」。

對方說「不客氣」，用不太標準的廣東話。

雨沒有要停的跡象，甚至在已經黯淡的天色裡面，有些變本加厲的意思。地鐵站出口處的人，逐漸多了。大都是躲雨的，其實都知道等得有些無望。天文臺雖然不太可信，但叫做「浣熊」的颱風，來勢洶洶，已沒有人會懷疑。人們抱怨了一下，還是等。等著等著繼續抱怨，卻沒有去意。人聲開始嘈雜，在她耳裡成為低頻的嗡嚶。

她有些頭痛，卻不能走。地鐵站的意義之於她，是工作的陣地。

她錯過眼，去看地鐵近旁是一棵木槿，在雨裡十分招搖。這種植物，在南方花期極早，原本已經是一樹錦簇。今年卻在極盛時遭遇了颱風，眼下掙扎得力不從心。終於，聽得見噗塌一聲，一大枝帶葉齊茬折斷了。

這一斷，讓她心裡「咯噔」一下。有小孩子的聲音歡呼起來。她低下頭看看錶，舒了口氣。她想，可以收工了。

她拎起包，回轉身。身邊有個高大的身形，黧黑的臉龐。她意識到，是剛才那個人。他臉上的表情，有些不耐，正在看一張傳單，正是她掉落在地上的一張。她這才看清楚了他，這其實是個青年人。雖然她並不善於判斷異族的年齡，但還是看得出他不會超過三十歲。或許因為膚色的暗沉，會遮蔽掉一些年輕。

這時候他抬起頭，她對他笑了一下。他也笑一笑，露出潔白的牙齒。然後指著傳單對她說，這上面寫了什麼，我看不懂中文字。

是一個招聘廣告。她敷衍地說。這時候，她看見他的 POLO 衫領口裡一閃。那是一條白金頸鍊。上面墜著一個A字，用了東歐的某種字體，筆畫間淺淺的隔斷。這是義大利的金屬鑲配名家 Steve Kane 的作品，堅強中有優柔的暗示。一以貫之的風格。她看出來，同時間在心裡苦笑了一下。她的專業知識終於派上了用場。世道好的話，原本她有機會成為珠寶鑑定師，或許另有建樹。

這是一個刮目相看的開始。

她對他說，我們，在招聘一些人才。

她盡量讓自己的語氣鎮靜，波瀾不興。

他認真地又看了傳單一眼，問道，是，什麼樣的人才？

她從包裡取出一張名片，遞給他。

他接過來，看上面的字。Vivian Chan, Material Life Co.Ltd.

她微笑了一下，分寸拿捏得宜。「可以這麼說。我們是一間模特經紀公司。我是特派藝人聯絡專員。」

他的眉毛動一動，眼裡似乎泛過興奮的光芒。這麼說，你是一個星探。

我做這行也是剛剛起步。她謙虛地說，但我們公司以發掘具有明星潛質的年輕人為己任。已經有多年的經驗。她指著傳單上一張照片說，他的第一個電視廣告，是由我們接洽的。

照片上，是個在近年風生水起的男明星。

他輕輕地「哦」了一聲。

她很認真地端詳了他幾秒，口氣更為誠懇，我不知道你如何看待自己？

他回望了她一眼，顯見是茫然的，我？

嗯。其實我們每個人，都未必對自己有充分的認識。特別是自己的優勢。你知道麼？相較於本港青年，你有一種獨特的氣質。就是，國際化。你知道這一點很重要。因為我們旗下的藝員，通常只代言國際品牌。太亞洲的面孔，已經飽和了。中田英壽、富永愛……人們有新的期待，還有……審美疲勞。

我不知道你說的這兩個人。他摸了一把自己的臉，又撓了撓頭。

我只知道喬寶寶。他突如其來地說，同時笑了。這笑容十分鬆散，令他的表情變得玩世。

她在心裡嘆了一口氣。喬寶寶是這城市裡最紅的印度裔明星，出生於本地。純正的香港製造，以插科打諢著稱。最近穿上紅斗篷，打扮成超人，代言一款壯陽藥。

你和他，風格是不一樣的。她試圖對他這樣說。他的眼神開始游離。外面的雨，似乎小了一些。人們開始撐起傘，往外走。

她看出他對她突然間的健談有些不適應。她意識到了這一點，心裡迅速有了一個決定。

她說，這樣，我們公司最近接到幾個品牌委託。你的外型和一支運動品的廣告很適合。當然，應徵者競爭很激烈，因為酬勞豐厚。如果你方便，不妨約個時間來敝公司做個Casting（試鏡），打我的手機就好。

她指了指他手中的名片。他又看了一眼，說，陳小姐。

叫我Vivian。她給他一個最nice的笑容。然後說，再見。

她打開傘，不動聲色地走出地鐵口，快步地走。她讓自己走得很快，沒有回頭。

回到家的時候，夜已經很深。

她住在這城市的邊緣。天水圍，有著城市沒有的安靜。

站在窗檯前，見遠處有水的地方，一隻鸛悠然地飛過去。那裡是政府撥款興建的濕地公園。

桌上擱著一煲湯，打開，是粉葛煮雞腳。廣東的女人，都會煲老火湯。母親的創意，體現在篤信以形補形，說她在外面跑，要好腳力。

她飲了湯，沖了涼。出來的時候，聽到隔壁房有粗魯的男人聲音在呵斥，是後父。或許又是因為弟弟不睡覺，半夜三更在打電動。

打開房門。這一間只有母親細微的鼾聲。她脫了鞋，輕手輕腳沿了碌架床的階梯爬上去。床還是震動了一下。

返來了。湯飲咗未？是母親的聲音。

她輕輕「嗯」了一聲。母親翻了個身，又睡過去。

她緩慢地躺下來。慢是為怕天花板撞了頭。這是政府十五年前建的公屋，安置新移民。為要容納更多的人，天花板一色都很矮，剛可擺下一張碌架床。

她睡這碌架床也有十幾年了。開始是和弟弟睡，弟弟睡下層，她睡上層。姊弟兩個的感情，也在這床上建立起來。小時候，弟弟膽細，夜裡怕。她就摟著弟弟睡，哄他，給他講古仔（故事）。人們都說，她好像弟弟的半個阿母。

後來，姊弟兩個的話，漸漸少了。再後來，眼神都有些躲閃。有一天，她推開門，看見弟弟拿著她的胸罩端詳。見她進來，飛快地丟掉了。

她和弟弟分開，是中五的時候。母親在弟弟的枕頭底下，發現了一本《Play Boy》。有一張被弟弟摺了頁。打開，是個半裸的亞裔女優。眉眼與她分外像。

母親沒聲張。只是讓弟弟搬去了大房間，和後父睡。自己睡到了碌架床上。

小時候，母親問她將來的心願。

她說，我長大了不要睡碌架床。

母親苦笑，傻女，我們這樣的人家，不睡碌架床，難道去瞓街？

於是長大了，還是要睡。這四百呎的屋，四個人，處處要將就。

她其實心裡知道，家裡人，都想她嫁出去。

母親原不想，母親疼惜她。她曾覺自己長得不好看，擔心自己嫁不掉。母親便笑，你若嫁不出，阿母養你一世。

她也疼惜母親。家裡是母親在撐持。母親在海鮮樓做侍應。後父做什麼都做不長，不想做，領政府綜援。

現在，母親也想她嫁出去了。半個月前，她在房裡換衣服。一回身，看見虛掩的門縫後面，貼著一雙眼睛。

那是一雙狹長的男人的眼睛。這個家裡有兩個男人有這樣的眼睛，一老一少。

半夜裡頭，是母親壓低了聲量的爭吵。還有嗚咽。

她深深吸了一口氣。

這時候，她聽到了外面大風旋動的聲音。雨花撲打在窗戶上，瞬間綻放，然後變成黏稠的水流，頹唐地流淌下來。

風越來越大。窗子上貼了厚厚的膠帶。風進不來，不甘心，鼓得玻璃有些響動。突兀地響了一下，安靜了。忽而又響起來。像是沙啞的人聲，竊竊地說話。

她突然間想到他。

二

清早，她回到公司，就聽見阿榮在抱怨。

搞清潔的錦姐走得匆忙，昨天忘記關了窗戶。茶水間沒有人打掃。一地的雨水。還有些樹葉，在水裡泡成了濕黑色。

錦姐請假回了老家。颱風太猛，討海人便遭了殃。陽江有三艘漁船在西沙海域附近沉沒，幾十個漁民失蹤。錦姐家裡人沒事，房子卻被泥石流淹了一半。那是她三年的薪水蓋起來的，說起來也是陰功。

與浣熊相關的雨帶為華南地區帶來狂風大雨，為香港大部分地區帶來超過七十毫米雨量。在大雨影響下，天文臺分別於下午六時五十四分及下午七時十分發出新界北部水浸特別報告及山泥傾瀉警告。在三號強風信號下，西區摩星嶺道五十號對開有大樹倒塌，無人受傷。

她聽著新聞，一邊啃一個火腿蛋三明治。手機突然響起來。她接了。是個男人的聲音，找陳小姐。她立即認了出來。

他的聲音，有些黏滯。停頓間，言不盡意。

他說，他想來試鏡。

她心頭一熱。然後用很冷靜的聲音說，來應徵的人很多。今天的試鏡時間已經排滿了。

他有些失望地「哦」了一聲，問她要排到什麼時候。

她說，可能要到下個星期了。不過，明天上午好像有個人取消了預約。我需要查一下，看能不能幫你插進去。請稍等。

她手持聽筒，面無表情地發了半分鐘的呆。然後告訴他，已經查過了。十點半到十一點有一個空檔。她可以幫他安排。

她問他，可以請他提供一些簡單的資料麼？姓名，身分證號碼。

Anish Singh。他說。她聽出他的聲音裡，有些感激。

她重複了一下這個有些拗口的名字。他說，辛赫是他的族姓。

好吧，辛赫先生。那我們明天見。

嘖嘖嘖。阿榮在身後發出奇怪的聲音。

Vivian，你真是天生吃這碗飯的，講大話不打草稿。

她冷笑了一下，說，比起您來。差太遠了。

阿榮是他們的業務部經理，至少每個星期能做成一單生意，背後被人叫做「千王之王」。

同事Lulu走過來，把一粒金莎朱古力放在她桌上。

阿榮哈哈大笑，說，值得恭喜。這是Vivian入職來的第一位客。一大早打來公司要casting，「水魚」[2]做成這樣，還真是有夠專業。

2. 粵語中稱容易上當的人。

他出現的時候，她還是有些意外。

他站在門口，看著她。沒有要走過來的意思。

他的頭髮塗了厚厚的髮蠟，朝後梳起。好像《教父》裡的馬龍白蘭度。連同他黑色的西裝，以及黧黑的，略有些陰沉的臉色。

內線響起，她接了，是 Lulu。Lulu 輕聲說，Vivian，好好把握。他身上的 Armani，是四月在米蘭發布的新款。

她也看出了這件西裝十分地合體。這是個挺拔好看的男人。然而他的眼神裡，有一些拘謹和木訥，還是原來的。

她愣了一愣，在調整一個合適的表情。

這時候，阿榮卻已站起來，笑容可掬地走過去，握住了他的手。

他躲閃了一下，手隨著阿榮的動作劇烈而僵硬地搖動。他的眼睛還是看著她，求助一樣。

她走過去，迎他落座。

她打開抽屜，取出一份表格。遞給他一枝筆。

其實是例行公事的登記。他填得很認真。姓名，電話，銀行戶頭。筆跡稚拙，中規中矩。在填「地址」一項的時候，他猶豫了一下，寫下了一個地址。在九龍塘的劍橋道。

他說，我不知道三圍填什麼。

她微笑了，說，沒關係。我們的造型師會給你量身。我回頭替你填上。

她站起身去影印。他一抬手，手指恰碰到她的腰際。兩個人停頓了一下，才如觸電般倏然分開。他並沒有對她說抱歉，只是嘴角微微揚起。

回來的時候。桌上攤著花花綠綠的報章與雜誌廣告，那是他們旗下的 talents所謂的業績。

阿榮以業務經理的身分，正在向他解釋一份廣告文案。這份文案，他們已經用了九個月。用在不同的人身上。

她沖了一杯咖啡，倚著影印室的玻璃門，冷眼旁觀。

他在鎂光燈底下，發著虛汗。

身後的白幕，將他的身形勾勒得有些突兀。眼神因為茫然，無端地肅穆，又有些焦灼。像個隨時待命的追悼會司儀。

攝像師說，夥計，放鬆些。

她知道，眼前這些拍攝器材，在這闊大的空間裡，足以對初入攝影棚的人造成震懾。

當她對這間公司的性質有所認識，也曾覺得這樣一個 Studio 作為過程中的一個道具，太過 Pro。有喧賓奪主之嫌。

阿榮說，你懂不懂，做戲要做全套。

當他結巴著，對著鏡頭作完了自我介紹。黧黑的臉色竟然變得有些慘白。髮蠟在溫度下融化，捲曲的頭髮耷拉下來，蓋在了額角上。沒有了膚色的掩護。下頜上的稜角也被燈光稀釋。他的樣子有些脆弱了。

需要表演一個短劇。是《馬克白》。老王被深愛的女兒離棄，一段獨白。他小心翼翼地念著台詞。情緒無所用心。沒有應有的記恨，也沒有絕望。但在他魯鈍的聲音裡，她卻聽出隱隱的恐懼。他的眼神又開始游離，四下張望。攝像師皺起了眉頭。當他捉住了她的眼睛，終於安定下來。她攥起拳頭，對他做了一個「加油」的姿勢。

最後環節是擺一組平面照的 Pose。她開始走神，在想如何以別的方式將他留住。她改變了對東南亞人的「成見」。那種與生俱來的表演的天分，他是沒有的。他的自信心，或許也已經被自己的表現摧垮了。他隨時都會放棄。她需要設計新的說辭。

背景換成了椰林樹影，近處是私家遊艇的輪廓。他要表達的，是在海邊的徜徉與享受。然後是一句台詞。

這時候。

他將西裝脫下來，搭在了肩上。他沒有更多的動作，只是默然立著。

她吃驚的是，他的神色，仍然是單調的。而此時，卻被一種平和置換，變得自然與靜美起來。似乎他天生屬於這虛擬的環境。

Life , as it ought to be. 他念出了最後的台詞。

他的嘴唇翕動，輕描淡寫。

這一刻，她想，他是個性感的男人。

她將他的資料輸進電腦。

她感覺出了他的目光，側過臉去。他的眼睛躲開了。

他輕輕地問，你們會錄用我麼？

她在心裡笑了一下，然後對他說，保持聯絡，有消息我們會盡快通知的。

她回家的時候，天上堆滿了霾，卻沒有下雨。

風時斷時續，並沒有想像中的大。今年的風球掛得早，去得也快。只是，城市的面目究竟慘淡了些。

小巴車行到元朗，突然前面設了路障，因為山體滑坡要整修。司機看著前面的車穩穩開了過去，自己卻要繞行，心裡很不爽，當下在車上罵起來。

你老母，邊個不趕去屋企食飯。死仆街，早不設晚不設。

就有乘客勸他，算了，今天機場有二百多航班延誤走唔甩，我們算好彩啦。

三

浣熊於昨日下午六時與七時之間與本港地區最爲接近，在本港以西一百五十公里左右，同時，香港天文臺錄得的最低氣壓爲一〇〇三．九百帕斯卡。風勢減弱，天文臺於今日凌晨一時三十分取消所有熱帶氣旋警告。隨著浣熊轉化爲溫帶氣旋，本港氣溫由二十一度急升至二十五度，帶暖性的鋒面曾一度爲本港帶來強勁的偏南氣流和較溫暖空氣。

這一天早上，居然有了陽光。她決定打電話給他。

電話關機，是留言。是他的聲音。又不像，聲音仍然魯鈍，但是流暢清晰，就有些剛硬。她告訴他通過了面試，今天可以談談簽約的細節。

她掛了電話，居然又打了過去。鬼使神差，是想要聽一聽他的聲音。

他這一天來，只穿了白顏色的棉布襯衫，挽起袖子。牛仔褲。

頭髮並沒有梳理，微微蓬起。整個人看上去，竟放鬆了很多。
她說，辛赫先生，你這才是年輕人的樣子。
他不好意思地笑了。

公司裡的其他人對他，也宛如老朋友的態度。
在這種時候，他們都很清楚各自扮演的角色與策略。越是嚴陣以待，越是舉重若輕。
阿榮拍拍他的肩膀，恭喜他。說難得第一次試鏡照就已經被廣告商看中，小夥子前途無量。將來我們公司也以你為榮。
阿榮告訴他，此次請他代言的會是歐洲一個新興的運動服裝品牌，將來很可能成為亞洲青少年的時尚主打。到那時，他的面孔就會家喻戶曉。
他漸漸有些心不在焉。阿榮心裡沒底，說，你要相信我們打造你的誠意。
Vivian在哪裡？他問。
她恰好聽見了。快步走過來。
阿榮就大笑，辛赫先生只信得過我們Vivian。那就交給你了。
她坐下，從阿榮手裡接過很厚的一疊文件。
她說，辛赫先生，下面由我來逐項給你解釋簽約的細節。如果有任何問題，可隨時問我。

這自然是一份布滿陷阱的合約。機鋒暗藏。為了鍛鍊解釋時避重就輕的技巧，她曾用去了許多時間。現在已遊刃有餘。

然而，她發現，在接下來與他交談的二十分鐘裡，並未有成就感可言。因為，說到任何的條款，他只是一味地點頭。有時候，為了表現誠意，她不得不特意停下來，等著他問問題。他的鼻翼聳動了一下，似乎想說什麼。然而，也終究沒有說，仍然是點了點頭。

終於到了關鍵的時候。當充分強調了未來的廣告代言工作會給他帶來優厚的報酬後，她說，簽約後，我們會在合約期限內擔任你的經紀人之責。因此，在他的工作運轉初期，需要繳付一些行政費用，以便公司為他作宣傳與接洽工作之用。她拿出一份表格，向他解釋費用細項。包括拍攝造型照和 Com-Card，用以 send 給廣告客戶揀選接拍廣告之藝人；提升演藝技巧的 Training Course；度身定做的宣傳網頁；經理人費用、保母費用……

她將聲調調整得最為輕柔。表面上，風停水靜。心裡還是忐忑的。往往這時候就可能成為了和客人的爭拗所在。火候拿捏不好，甚至一拍兩散。這樣就前功盡棄。

有時候面對質疑，他們也有對策。阿榮會表現得比客人更強硬，甚至利用威脅的手段。不過這是下策了。

他咳嗽了一聲。她心裡一驚，停住了。

他捏起這張表格，掃了一眼，問，總共要多少錢。

視乎想要的宣傳力度。不同的宣傳力度收效也是不一樣的。如果您想要短期內有成果。她拿出了另一份表格：我會推薦這個組合是最有效率的。雖然價格稍高，我們會為您爭取多些的折扣，原價是十二萬，然後……

就這個吧。他再次打斷了她，同時拿出了信用卡。

她鬆弛下來，發現手心裡一陣黏膩，已經浸滿了汗。

遠遠地，阿榮向她打了個OK的手勢。

這一切，未免太過順利了。

拍宣傳照需要換三套衣服。

因為都是準備給亞洲人的款型，於他則不盡適合。外衣合身的大概有一件卡其色的獵裝。

運動look則是一身Y3的網球服。加大碼，他穿上還是緊繃的，胸肌鼓突，看上去十分壯碩。扣子是扣不住的。她又看到了小小的白金A字和一叢淺淺的胸毛。她想，這叢胸毛，讓他看上去不那麼潔淨了。外國人，到底還是獸性的。

他的神情仍然直愣愣的。

攝影師說，先生，眼神溫柔一點好嗎，想想母親，你母親的眼睛。

這時候，他突然間一把將網球衫脫了下來。一瞬間，她看到了他臂膀上有一個刺青，是一把拉滿的弓。

他將衣服甩在攝影師腳底下。然後用冰冷的聲音說，我沒有母親，她早就死了。

他一言不發，開始穿自己的衣服。她走過去，好言好語地勸他。說還欠一套正裝就拍好了。攝影師雖是無心，但她為剛才唐突的話道歉。

他的臉色緩和了一些。她拿來正裝的版型相簿，一頁頁地翻給他看。

他終於指著其中一張說，我要拍這個。

她笑了。她說，先生，這是婚紗。一個人是拍不了的。我們今天，沒有預約女模特。

所以，我要和妳拍。他很慢地說。

空氣凝固了。都在看著她。

幾秒鐘後，她合上了相簿，然後說，好。

她撫摸著這張照片。自己都覺得驚異。

她沒有想到，會在這種情形下穿上婚紗。

一股夏枯草的味道飄過來。Lulu 最近上火，喝了太多的涼茶。

Lulu 站在她背後看了一會兒：Vivian，你別說，還真挺有夫妻相的。

是的，她自己都驚異。這照片上的兩個人，竟然是和諧的。都有些許的緊張。他攥緊了她的手。用的力，是真的。

而眼睛裡，居然也都有一絲溫柔。這，也是真的。

她對阿榮說，還是給他安排一些廣告。一兩個也好。

阿榮說，呵呵，婦人之仁。

她說，收了人家這麼多錢，也要想著善後。

阿榮這回笑得不知底裡，我當然要給他安排，而且要安排個大的。我已經給 Anita 打過電話了。

聽到了 Anita 的名字，她立刻警醒。阿榮，適可而止。

阿榮又笑了，是和解的表情。Vivian，何必這麼認真。難得你第一單做到這麼大。我知道，你一直想在外面租個單位住出去。現在機會來了。

是的，如果自己在外面有個小單位，就不再需要睡碌架床了。

她也不置可否地笑了一下。

這一切，都需要錢。

她給他打了電話，告訴他，為他安排的第一支廣告，會在這個週末投拍。

他們租借了「海牙城會所」的樓頂游泳池。日租金兩萬。

阿榮用蹩腳的普通話說，捨不得孩子套不著狼。

Anita 依時出現，妖嬈萬狀。

Anita 是他們長期合作的女模特。只負責大 Case。中義混血的 Anita，面孔出現在本港大小的成人雜誌上，讓老少男人流盡了鼻血。偶爾和尖沙咀的豪客做做皮肉生意。業務少而精，並不為生活奔忙。但是，阿榮她是會幫的，因為是相逢於微時的朋友。阿榮是她第一個皮條客。

阿榮在這女人臀上拍了一下，咬著她的耳朵說，今天全看你的了。

天氣駕勢，陽光普照。

她依靠著池邊的雕花欄杆。城中的景色盡收眼底。遠處是海，海裡有船，海上是影影綽綽的青馬大橋，都分外的小，模型似的。這城市樓宇參差，大體上是齊整潔淨的。偶爾也有汙濁的角落，一錯眼，都可以忽略不計了。

她用手撩了一下泳池裡的水，到底還未進六月，水有一點涼。

Anita 換了衣服，款款地走出來。

她不禁也驚嘆。這混血的女人，真是異乎尋常的美。

有的女人，天生是為了男人而生。

是的，東西方的優點在她身上集合得恰如其分。凹凸有致，皮膚瓷白，頭髮如洶湧的黑瀑布激蕩而下。衣服或許只為在她的身體上點睛。火紅色的 bra 中間以銅環相扣，雙乳無法束縛，便有一多半都衝突出來。下裝的連接處，則是同樣的處理。所以從側面看，幾乎是全裸的。

真像個女神。她想。

然而，「女神」回過頭，不經意地對他們望一眼，眼神裡的輕浮與熾烈是一貫的。這終於暴露了職業的立場。迎合與撩動男人，對這女人已猶如本能。

年輕的攝影師 Benny 是新來的。沒見過世面，對眼前的景致未免有些瞠目，以至於忘形到忘記開機。阿榮不動聲色，隨手操起一本雜誌，狠狠地打在他的褲襠上，說，臭小子，收收心，底下硬著可怎麼幹活。

Anita 徑直走到他跟前。

阿榮拍了拍他的肩膀，說，夥計，這是我們最好的模特。瞧，又是鬼妹，和你多般配。

接著，又用耳語一般的聲音對他說，今天是你的搭檔，你小子有福了。

我不想拍泳裝。他的聲音不大，但是很清晰。

所有人的表情都凝固了一下，包括搔首弄姿的 Anita。

我們的協議裡，寫明了「拍攝尺度不拘」。阿榮說，辛赫先生，你該明白，職業模特必備的專業素質之一，就是將自己身體最美的部分呈現出來，是每一部分。另外，這個運動品牌的格調十分健康，你大可不必擔心。

如果我拒絕拍呢？他說。

阿榮聳了聳肩，擺出一個遺憾的姿勢，說，那就是違約了。根據協議，您需要繳交拍攝成本一百倍的賠償金。

他沉默了一下，似乎妥協了。

阿榮拍拍掌，示意助理去幫他換衣服。同時使了一個眼色，Anita 跟在他身後走進了游泳池後面的行政套房。

她表情漠然地望著套房的方向。

她知道，裡面正在上演一齣色情劇。在 Anita 那裡，男人沒有正人君子。實在不行，美女硬上弓。不是普通人可以抵擋得了的。

布局萬無一失。他換衣服的房間裡，藏著針孔攝像頭，即時盡責生產春宮帶。這會成為將來要挾他的佐證。如果他表現得過分主動，那麼更好，Anita 自會審時度勢，在適當的時候大叫非禮。此刻，助理會立即變身目擊證人。

在報警與私了之間，大多數人會選擇後者。何況「男素人強暴知名情色女模特」是本港媒體趨之若鶩的好題材。

人們都在心中竊笑，同時焦灼等待。

突然，房裡發出一聲女人的尖叫。阿榮掩飾不住得意，但仍然壓抑著聲音說，搞掂。

Anita 從房間裡衝出來。Bra 已經散開了。肥白的乳房在胸前彈跳，有些刺眼。

Benny 張大了嘴巴。

阿榮微笑了一下，美女，玩得越來越過火了。夠 high。

這女人臉上憤怒與痛苦的表情，讓在場的男人都興奮莫名。

阿榮說，寶貝兒，你的演技越來越逼真了。

「放屁。」Anita 凶狠地說。同時放下了捂在胳膊上的手。小臂上，是非常整齊的兩排牙印，往外洇著淤紫的血。

Anita 嘆了口氣，狗娘養的，事實上，是我接近不了他。你們另請高明吧。

這時候，他走出來。幾乎是氣定神閒。

我不想和這個婊子拍。他說。

阿榮已不知如何作反應。幾秒後，回過神來。對他說，那，我們改期。Anita……阿榮嚥了一下口水，Anita 的職業操守，真讓我意外。

他說，不，我要拍。

可是，我們只請了一個女模。您要知道，我們必須考慮成本。

他瞇了一下眼睛，目光落在她身上。

我要她和我拍。他說，Miss Chan。

她在心裡震顫了一下。

這是行不通的。這不是拍普通的造型照。Vivian 沒有經過任何的專業訓練，這是行不通……

她阻止了阿榮繼續說下去，同時在桌子上輕輕地畫了一道圓弧。

Plan C，今天最後的機會。

她說，好吧，辛赫先生。現在，我們去換衣服。

她換上了一件白色的比基尼。儘管已做好迎接目光的思想準備，但還是覺得萬分拘謹。

她抱著胳膊，走了出來。

看不出來。**Benny** 兩隻手端在胸前，衝助理做了個手勢。看不出來，原來我們 Vivian 也那麼有料。

她先看到的是他的背影。並不十分寬闊。一道褐色的捲曲的汗毛，由頸貫穿了背，延伸進了青藍色的泳褲裡。

他轉過身，目光正與她的眼睛碰上，便沒有離開。

她終於放下手臂。解開下身的浴巾。

他走過來，對她說，Vivian，你很美。

他們換著不同的泳裝，穿梭於游泳池的周邊。

他出其不意地放鬆。無顧忌地擺出各種姿勢。突然跳進了泳池，深深憋了一口氣，才浮出水面。

陽光猛烈了一些。他身上的淺淺毛髮變成了淡金色，上面布滿了細密的水珠。

然而，他們站在一起，若即若離。攝像機在任何角度都無法遷就。

阿榮也不得不說。我想，你們應該看上去親密一些。

她側過眼睛看一眼，向他靠了一靠。他站在她身後，很自然地將手搭在了她的腰上。

看似完美的情侶造型。

突然間，她覺出，他在背後堅硬地頂著自己。並且有灼熱的氣息，在她的耳廓裡遊蕩。她驚懼地回過頭，憤怒卻被他的眼睛融化了。黧黑臉龐，孩子一樣純淨的微笑。

她還是掙扎了一下。她的胳膊被緊緊地捉住，動彈不得。

你為什麼要躲著我。他溫柔地喘息著，對她說。

她屏住了呼吸，同時間感覺到一陣暈眩。

四

Well done! Mr. Singh. 阿榮對人的恭維，永遠是那麼真誠。我相信，廣告代理會十分滿意您的表現。Natural born shining star. 你說是嗎？· Vivian。

她勉強地笑了一下。

為了我們更好地為您盡犬馬之勞。我們制定了一個整體形象營造計畫。您的外形基礎很好，這有目共睹。不過，需要進一步的專業提升。比方，您的濃重毛髮，當然，非常Man，這對凸顯您的個性是很有優勢的。只是，作為一名專業模特，還需要一些打理，令您的整體外形更為清潔與健康。您看，不妨試試 Laser hair Removal……

你想說什麼？他的口氣有些不耐煩。

我是說，我們有一些適合您的 Facial Course 療程，會進一步改善您的外形條件。我們會為您負擔一部分費用。

我要出多少錢？他問。

我們會為您打八折，總共是十四萬。

沒問題，他看著她說。

結果令所有人都覺得前面的鋪陳顯得多餘。

晚上，他們去了蘭桂坊一間酒吧慶賀。為公司開業以來最大的一筆生意。他們成功地在法律與一個印度「二世祖」之間找到了平衡。或許是個二世祖，管他是什麼人，總之，一切都是可遇不可求。

她一杯接一杯地喝酒，沒有說更多的話。

Be happy, Vivian.你是大功臣。阿榮向她舉杯。

她笑著回敬，然後將酒杯擲在了地上。

一個星期後，她按照計畫，轉了五千塊到他的帳戶裡。

又發了一則簡訊給他。告訴他，這是上次拍廣告的工作酬勞。

又半個月後，她接到了他的電話。告訴她，他已經上完了他們的課程，有沒有安排新的工作給他。

她告訴他，暫時沒有。很遺憾，他們在競標中失利，那個運動品牌的經銷商最終沒有採用他們的廣告。他們以廣告預稿價格的雙倍付酬給他，是仁至義盡。

他問她，什麼時候會有新的工作。

她說，這很難說，不過我們會盡量為你留意和爭取。一有消息會盡快通知你。

他停頓了一下，終於問道：Vivian，我可以見你嗎？

她用冷靜的聲音回答他：對不起，辛赫先生。我想，我們最好只保持工作上的關係。

五

他們最後的見面，是在六月底。

審訊室的燈光突然亮起，她闔了一下眼睛。再睜開，看到面前穿了警服的男人，有張熟悉的臉孔。

他的目光嚴峻。沒有任何內容。

但是，始終是他先開了口。他說，我說過，我們會再見面。你說的也沒有錯，是工作上的關係。

她看著他的臉，感到陌生。他在她印象中，是有些懵懂的。

他說，十六個受害人，加上我，算是第十七個。這回，恐怕你們難逃其咎。你有什麼要說的嗎？

她沒有什麼要說的。她只是在想，他將領口扣得太嚴。看不到白金頸鏈，和那枚A字。

六

多年以後，她再談起那個颱風肆虐的夏天，仍然留戀。為那種毫無預警的累積，沒有人能力挽狂瀾。

因為那個夏天，他可以與她走過出獄後的三十年。

她將那枚A字握一握，又吻了一下，掛在他的墓碑上。

然後，轉身離去。

化寶盆裡沒有燒盡的報紙，已經泛黃，一則新聞標題依稀可以辨認：

浣熊

熱帶風暴「浣熊」，今日登陸香港。

猴子

一

辭職信

西港動植物園園長辦公室執事先生台鑒：

本人很遺憾在這個時候向公司正式提出辭職。

本人進入公司已近三年，很榮幸成爲公司一員。在此期間，承蒙公司給予學習機會，於良好環境中，提高專業的知識與技能，並取得寶貴工作經驗。

此前紅頰黑猿杜林（雄性）走失一事，爲公司與社會帶來相當大的困擾。本人作爲園內靈長類動物專職飼養員，難辭其咎。在此，本人深表歉意，並鄭重提出辭職，以示悔過。

感謝公司數年來對我的信任和提攜，離任之前，本人會先辦妥一切份內職務及清楚交代手頭上的事務。本人申請在本月底（十二月三十一日）結束在園內的工作，敬請察情批准。

敬祝

公司業務蒸蒸日上

李書朗　謹啓　二〇一一年十二月二十二日

就像之前對警方所說，他至今不清楚杜林怎麼能夠打開鐵籠的安全鎖，逃了出來。這把鎖的密碼有六位數。除了他以外，只有動植物園的檔案室留有備份。

好吧。這個密碼，其實是南茜的生日。他曾經想過要改，因為他已經和南茜分了手。但是，一念之間吧，他沒有改。

他當然沒有低估過杜林的智商。他甚至覺得，杜林比他更聰明。首先，這一點體現在時間觀念上。杜林總是能夠精確地把握到法定餵食的時刻，誤差不超過五分鐘。有時候，他稍有怠慢。杜林立即用牠獨特的嗓音尖叫，並且把鐵籠搖得山響。他聽到往往拎著食物飛奔過去。杜林看見他，才慢悠悠地攀緣而下，一臉的事不關己。

這時候，他就有些惱火，然後又很沮喪，覺得自己在動物園裡的老闆，其實是杜林。牠只是隻猴子。

也不對，確切地說，杜林是一隻紅頰黑猿。Hylobates gabriellae。這個不知所謂的學名，決定了牠的矜貴。身為黑長臂猿亞目的唯一物種，紅頰黑猿的繁殖率極其低下，當之無愧的瀕危動物。

牠們的珍稀，也和生活與配偶習慣相關。這種猿猴，一旦成年，便保持著對於配偶忠貞的態度，終身堅守一夫一妻、加上子女的小型家庭結構。所以，與獼猴那種滿山遍野、猴王振臂一呼的社會性群居模式截然不同。後者以濫交繁衍的方式，占有了更多的生存資源，也注定了種群的低賤。

因為基因的緣故，即使離開了柬埔寨和越南的老家，紅頰黑猿仍然保留了這種習性。

十歲的杜林，與牠的配偶 Lulu 已生活了五年，並產下兩頭幼猿。抱著挽救物種的願望，動物園曾作出更多的努力。去年的時候，他們將一頭進入發情期的雌性紅頰黑猿瑪雅放進了杜林的籠子，企圖造就奇蹟。然而，發展並不如他們所想像。一方面，杜林和 Lulu 似乎沒什麼困難地接受了瑪雅的存在，與她共食同寢，和睦相處。但是，工作人員很快發現，事實上，這種相敬如賓的態度後，瑪雅依然是個局外人。這對夫婦以不動聲色的方式將瑪雅排斥在家庭結構之外。情愫暗生是行不通的。有鑑於此，他們改變了策略。當然這也是出於無奈，因為目前杜林是園中這個物種裡唯一的雄性。他們實行了短期隔離政策。將杜林和瑪雅關在了特別馴養室裡。希望獨處能速燃牠們的乾柴烈火。然而，即便如此，幾天之後，瑪雅主動示好，杜林依然是不解風情的樣子。瑪雅開始表現得焦躁，淑女風範盡失。這時候，杜林很從容地攀到房間的一角，開始享受曲奇餅和香蕉。

於是有科研人員開始懷疑杜林的性能力。對這一點他大概會有發言權，因為與這隻猿猴三年來的朝夕相處。杜林對性事的態度，看似並不很積極，但事實卻出人意表。他記得某一個冬天，杜林與 Lulu 一次漫長的交歡。大約將近一個鐘頭。儘管在姿勢方面，並無甚可圈點之處，但那份勇猛與投入，卻足令人類汗顏。他站在僻靜處，看著牠們，動作天真而舒展。於是對牠產生了一些敬佩。想起與南茜有一回在他的工作間倉促的做愛。南茜感到了他的猶豫與心不在焉，因為他心裡還記掛著第二天的公務員考試。那導致了他們最激烈的爭吵。

是的，的確是在冬天。杜林擁有一種類似於人類的控制力，使得性事處於寧缺勿濫的狀態。這與發情期無關。雖然，如同其他猿猴一樣，牠無法控制這時期獸性的生理反應。牠站在鐵籠的最高處。所有的人，都可以看到牠的陽物，無恥而赤紅地挺立著。這為牠贏得了很多的觀眾。男孩子們往往興奮地大叫。年輕的母親試圖遮住他們的眼睛，但同時忍不住與同伴交頭接耳。但他們也都注意到，杜林出奇的安靜。這猴子並無絲毫焦躁，只是安靜地站在籠子裡，一動不動。他很明白，杜林的性情與本能之間，此時出現了莫名的抽離。他看著這猴子，在人們的喧囂與指點中無動於衷。用一種淡定明澈的眼神，諦視遠方。他就會生出一種荒唐的想法，覺得杜林其實在思考。而且思考的內容，遠遠大於他的想像。

有一段時間，他將之理解為一種思念。儘管他也不確定，東南亞的空曠雨林，在杜林的頭腦中，究竟留存了多少記憶。於是，他就會順著這個思路想下去，覺得雖是寄居的狀態，這隻猴子也應該知足。在這個寸土寸金的都市，居大不易。地方永遠都不夠住。每一任特首的施政報告，都因此招致民怨沸騰。他和自己的父母，蝸居在荔枝角一處唐樓單位，也已近二十年。而這隻猿猴，和牠的妻兒，卻住在這個近兩百尺的籠子裡，過著優游的生活。何況，是在中環半山，毗鄰西港最高尚的住宅群落。即使論起這動植物園的淵源，也與牠的矜貴足以相配。公園以北的上亞厘畢道即為昔日港督府的所在地，所以這座公園，被市民們尊稱為「兵頭花園」。每每想到這裡，他也不禁啞然失笑。笑自己地產經紀式的現實想法。他在骨子裡，仍然是個世俗而功利的西港人。而杜林，不過是一隻猴子。

然而，他現在卻知道了。杜林當時或許在醞釀的，是些更為複雜的事情。或許可以說，牠的逃逸計畫，是蓄謀已久。

他其實非常明白，沒有人會相信，一隻猴子會打開密碼鎖。這是天方夜譚。如果假設成立，那其他的靈長類動物，大可以做更為高端的事情。比方參與開發 Iphone5，那還要賈伯斯和提姆•庫克幹什麼。但是，他還是將這種猜測說了出來。因為，他很確信自己在凌晨離開之前，很謹慎地鎖好了籠門。園長居高臨下又寬容地笑，覺得他不過在為自己的瀆職做虛弱的辯解，將責任推給一隻猴子。是的，同樣詭異的是，那天的監控器竟然壞了。一切無稽可查。事情的可能性變得確鑿。是的，或者是出於無心之失。如果他否認這一點，那麼，他就要接受另一種推論。就是，他刻意放走了那隻猴子。

這一天的《水果日報》的頭版新聞：「**火星撞地球，智慧馬騮重演《偷天陷阱》**（台譯為《將計就計》）」。

這個標題，很符合港媒的刻薄與淺薄。《偷天陷阱》是好萊塢紅極一時的一部電影。主角是兩個駭客級的雌雄大盜。報紙上作為黑體標引的，自然是他的話。報刊檔的阿伯盯了他看。他才發現，另一份叫《悠然一周》的雜誌封面上登了他錄口供時的照片。他覺得自己還挺上相的，除了領子有些褶皺，稍顯狼狽。雜誌的標題大同小異，只是將電影名改成了《達文西密碼》。

他回到家的時候，夜已經深了。母親一個人倚在沙發上，在看一齣粵語殘片。這片子他也看過，叫《情海茫茫》。影片裡的謝賢還很年輕，與南紅在山上遠望跑馬地、銅鑼灣與維港。那時候的維港似乎也寬闊得多，看上去還有些氣勢。他就坐在母親身邊，同她一起看。後來，父親也走了出來，坐在另一邊。過了一會兒，父親點起一支菸，又讓了一支給他。點上火，爺兒倆就沉默地抽菸。彼此沒有說話，都有些小心翼翼。菸抽完了，父親要起身去拿。卻被母親按住，說，一包還不夠？這時候，插播了新聞。不意外地，又看到了他。面對太多的攝影機，他到底還是有些不鎮靜。還是那些話，他看到自己蒼白著臉說出來，眼神有些閃躲，像個無助的孩子。

這則新聞播完，母親關上了電視。父親將手裡的菸蒂碾滅，力道有些狠。父親終於說，仔啊。沒了這份工，又會怎樣。何苦講大話？

他想起三年前畢業，恰逢市道最不景氣的時候。找工作到處碰壁。作為名牌大學的文學系學生，終於放棄了幻想，接受了這份飼養員的工。父親說，仔啊。搵唔到工，又會怎樣。爸媽養你，何苦去服侍馬騮？

他站起身，回到自己房間，關上門。

他快要睡著的時候，接到了南茜的電話。南茜說，你還好嗎？他說，還好。南茜說，我要結婚了，這個月底。你能來麼？他說，哦，恭喜你。

南茜說，你能來麼？他說，能。兩個人沉默了一下，南茜說，那個事，我相信你說的。

他掛上電話。鼻子酸了一下，一下而已。

現在，他將辭職信很仔細地摺好，放進了信封裡，封上口。他想，他還是應該去看看杜林。

他站在籠子前面。杜林蜷縮在牆角。認出他，微微地抬一抬眼睛，算是打了招呼。應該是麻藥的勁兒還沒有過去。

這時候，不知道為什麼。他想起了多年前看過的一部小說，是一個日本人寫的。這個叫太宰治的人自殺了很多次，最後終於成功了。

他想起了小說中的一句話。

「生而為人，我很抱歉。」

在他這樣想的時候，他似乎看到杜林齜牙咧嘴地取笑了他一下，然後伸長了胳膊，回身一蕩，跳到籠子頂上的小木屋去了。

姿態很優雅。

二

公告

本公司旗下藝人謝嘉穎（Vivian Tse），因本月中環猿猴逃逸事件受到驚嚇，乃至精神失常。日前已送至大青山精神康復中心療養。鑑於其已缺乏對自我行爲能力的基本控制，本公司對其言行所表露的資訊，概不負責。亦請媒體自重。否則本公司對於相關事宜，將訴諸法律手段。

特此敬告，以示民眾。

寰宇國際娛樂股份（有限）公司

二〇一一年十二月二十二日

我沒有瘋。我知道。

我也並沒有後悔，打出了那個電話。

Edward，你應該知道，我是愛你的。

是的，我承認我當時是亂了方寸。我應該打給九九九。

但是，我真的很怕，你明白嗎？

當時你正趴在我身上。而牠，那隻猴子，就站在床角。你看不到牠的眼神。很冷，好像要看穿我。你能想像嗎，一隻猴子，有人一樣的眼神。

我怕極了，你知道嗎？我想讓你停下來。可是，你當時正在興處，你完全沒有理會我。牠就在你身後，一動不動地，看著你動作。

我或許不該叫出聲來。這樣你就不會猛然回過身。牠也就不會受驚，一口咬在你的大腿上。我不知道牠咬穿了股動脈。我只看到血呼啦一下湧出來了。

我頭腦裡只有那個電話號碼。

是的，我想都沒想就打出去了。我一邊抄起那條裙子，用盡氣力包紮在你的大腿上。一邊撥了那個電話。

那猴子還沒有走，牠看著我，慌慌張張地打電話。牠就安靜地坐在窗檯上，看著我。

你蒼白著臉，好像還沒意識到發生了什麼事情。你的血把那條 Prada 的雪紡裙子，染成了一片鮮紅。我沒想到這條裙子可以派上這個用場。是的，你沒見我穿過，前一天才從巴黎送過來。我原本準備新片發布會的時候，給你一個驚喜。不會，這次絕對不會了。我知道，你最不能容忍的事情，就是我和其他的女明星撞衫。

我聽到救護車的聲音了。我聽到門鈴響了。我打開門，看見鎂光燈一陣亂閃。

一片空白。

我回過頭，卻看見那隻猴子的眼睛。人一樣的眼神。牠看著我。牠慢慢地站起身，走了兩步，掀起窗簾，從窗口跳出去了。

是的，我是自食其果。

別的都不重要了。重要的是你沒事，你活過來了。

我是自食其果。大概所有人都這麼想，包括你。無怪之得，現在十幾個大刊小報的封面頭版上，都是我的臉。超過我當年最風光的時候。有人罵我黐線沒大腦。有人說我自演自導「苦肉計」，為了要逼宮。機關算盡，咎由自取。

是的，我為什麼要打給Ann。

我說給你聽，你大概會覺得可笑。因為我信她，只信她一個。我信她，勝過信耶穌，信特首，信老闆；甚至也勝過，信你。

你知道的，我有幾次換經紀人的機會。那年 Maggie 在紐約風生水起。她的經紀人找過我，說我進軍國際的時機到了。和他合作，換一張牌，滿盤皆活。我笑笑說，不換，Ann 是我的「糟糠之妻」。

沒有 Ann，就沒有我。

我一個台灣人，隻身一人來西港。沒背景，沒資歷，又是落選亞姐。我憑什麼有今天。

八年前，我在杜郁風的劇組裡做「茄喱啡」[3]。那年鬧 SARS，天又寒。戲場冷清得很。可是我不想走，因為走了也沒地方去。我裹著羽絨衫，坐在化妝室門口抽菸。這時候走過來一個人，戴著大口罩。她打量了我一會兒，說，妹妹仔，我看好你。

這人就是 Ann。

第二天，Ann 簽下了我。

有半年，我沒做任何工作。Ann 給我找了個老師，苦練廣東話。Ann 說，要想紅，先過語言關。

半年後，Ann 給我接下了第一個通告。是一部三級片。我猶豫得很，記得還哭了。Ann 說，妹妹仔，你信我，為上位，只接這一套。

Ann 有信用，自此再沒接過。因為這部三級片，我紅了。

有人說，這部三級片接得很合算。背部裸，未露點。腳濕了濕水，還沒入海就上了岸。

可我知道，你恨我拍過這片子。我也知道，你曾經和寰宇的老闆交涉，要把片子的原始拷貝買下來。有這部片，我就永遠擺脫不了三級女星的頭銜。

我也知道，你是愛惜羽毛的人。你和你老婆分居兩年。無緋聞，無糾葛。你不想被人說豐信集團的太子爺最後栽在一個三級女星的手裡。

可如果沒有這部片，哪裡有後面的那些試鏡機會。視票房為生命的杜大導演又怎麼可能給我擔正。哪裡會有金像獎最佳新人、金馬影后、東京電影節最佳女主角？

你，又怎麼可能認識我？

那天是我的慶功宴。

曲終人散。你走到我面前。

你說，我是你的影迷。我喜歡你扮的項洛雨。由少演到老，不容易。風塵幹練，大情大性。沒想到，真人其實是個細路女[4]。

「細路女」三個字，被你說得極溫柔。說完，你轉身即走。

---

3. Carefree的音譯，指臨時演員。
4. 粵語，意即小女孩。

說起來，如果不是第二天看到狗仔隊拍的照片，我還不知道你是誰。

自此後，我一天收到一束黃玫瑰。附一張卡片，上面是我念過的一句台詞。風言風語。**Ann** 第一次跟我翻了臉。

Ann 說，現在你的人，是公司給的。不是你自己的。

我說，我們合約上寫得清楚，五年不戀愛。現在已經過了。

Ann 說，你要現實一點兒，漫說他只是分居。就是他老婆死了，續弦也得是拿得出手的名門千金。又怎會輪到你？

有一次，你忍不住了。問我，為什麼沒說過，想要個名分。

我想一想，說，怎麼沒想過，我想要個名分，是你心裡的「細路女」。

你用力摟一摟我，沒再說話。

是的，我自生下來，何曾做過別人的細路女。

七歲上，媽死了。爸一個人帶我和我弟，打打罵罵過生活。長到十六歲。懷了鄰校男生的孩子。退了學。我想留，那男孩的爸媽雙雙跪在我面前。我跟著他們去打掉了。那個月，人像失了魂。

有天夜裡，睡得迷糊，聞到濃濃酒氣。醒過來，看見爸紅著眼睛，盯著我。他一把掀開我被子。我一驚，跳下床就往外跑，聽他帶著哭腔喊，為什麼別人動得，我自己……

我跑到姑婆家。姑婆抱了我哭，說，走吧，這家留不住你了，走越遠越好。

在你以前，沒人叫我「細路女」。

我知道 Ann 接到我的電話做了什麼。一網打盡，全港的媒體來得這麼全，好像是開發布會。我和你一樣，沒試過血淋淋地被堵在床上。

我知道你爸花了上億，買了有你入鏡的照片。徒留下我一個人，驚慌失措的臉。

我不知道，Ann 和 Sabrina 背後有交易。我和 Sabrina 分別被傳與人不合。唯獨彼此像是惺惺相惜的姊妹花。本來也沒什麼不對，何必呢。戲路本就不同。我演我的烈女，她扮她的蕩婦。井水不犯河水。

最後一次見 Ann。要我暫時放棄幾個廣告代言，說是另有打算。我沒問為什麼。

臨走時，她在我耳邊輕輕說，Sabrina 需要一個對手，才能水漲船高。現在她起來了，不需要你了。

這回拜天所賜，還順帶滅了你的豪門夢。

畢其功於一役。這麼多年。

現在，所有的媒體口徑一致，之前說處心積慮要名分，要讓你蹚渾水，不好。於是改版本為我走火入魔，被隻馬騮嚇癲，自編自導獨角戲。

好，那我就將這獨角戲演下去。

只是在這裡沒觀眾，沒人聽，沒人看。

外面看不見我，我看得見外面。

外面有條河。你信嗎，或許我們沒留意過。西港還有這樣安靜的河。好像我老家高雄的一條河。小時候挨了打，跑出去，我就坐在那河邊，直坐到天黑。

不知道那隻猴子，現在怎樣了。

報紙上寫，飼養員說猴子自己開了密碼鎖逃出來。這故事大概沒人會信。不過不知道為什麼，我有些相信那男孩的話。

或許因為，我看過牠的眼睛。

三

十二月二十日，星期二　多雲轉陰

亞黑，你走了。我知道，是老豆[5]送你走的。我看到他用香蕉把你引出去。我沒有出聲。

你不要怪老豆，他心裡也很難過。老豆很不容易，我們家很窮。你吃的又太多了，老豆養不起。

等我長大了，就出去搵工。賺錢。賺了錢，我就把你找回來。你要等我呀！！！

5. 粵俚語，父親。

這是童童最後一篇日記。

如果不是看到這本日記。他可能至今都不知道，他送那隻猴子走的時候，童童其實是醒著的。

他愣愣看著女兒的遺像，細眉細眼，嘴角微微上揚。他看著看著，再次心疼地哭出來了。

這是為給童童申請「行街紙」[6]拍的照片。

童童來西港後還沒拍過照。那天天氣很好。他跟樓上許家阿婆借了輪椅，推了童童上街。大概很久沒有出門了。童童一直在笑，笑得沒緣由。見什麼都笑，士多店、街心公園、來往的行人和狗。只是看到背了書包下學的孩子，她才沉默了一會兒，遠遠地看他們。看他們走遠了，看不見了，才回過頭來。臉上依然是笑的。到了照相館，童童卻笑不出了，偷偷跟他說，阿爸，我好害怕。他說，乖女，不怕，告訴照相的伯伯，你幾歲了？

照相伯伯就問，是啊，小朋友，你幾歲了？

童童想一想，說，七歲。

伯伯就明白了，就說，乖啦，伯伯沒聽清哦，小朋友幾歲？

童童回頭看一看他，轉過身，安靜地回答，七歲。

伯伯按下了快門。說「七」的時候，童童嘴角揚起，好像在微笑，露出白白的牙。童童是個好看的小姑娘。

這兩排整齊的白牙和笑，是他熟悉的。阿秀也有這樣的笑。

阿秀。他在心裡念了一下這個名字。

那年是他過西港後第一次回鄉下吧。算是他這一世最風光的時候了。鄉裡人都爭相過來看「西港人」。

夜裡，他和同宗的老大伯喝酒。老大伯問他成家沒。他搖搖頭。大伯就說，也該說房媳婦兒了。要不，就在鄉下娶一個。西港的女子，恐怕心氣兒總要高些。要說過日子，還得找個知根知底的。

第三天，媒人上了門。卻也帶來了一個人，是個姑娘。那姑娘中等身量，蒼黑的臉，並不特別俊。卻有雙細長的眼睛，平添了幾分媚。笑起來，牙齊齊整整。很好看。他也就動了心。媒人那邊，卻幾天未有動靜。他有些心焦，終於央人去問。回話說，他別的都還好，就是看面相年紀太大了些。畢竟人家是個黃花女。

他就有些灰。這一年，他已經四十八歲了。十幾年前「抵壘」[7]，拿到西港身分。為

6. 於特殊情況下發給非法入境者和逾期逗留者的文件。批准他們簽保外出，以代替羈留。
7. Touch Base Policy，港府一九七四年至一九八〇年期間針對偷渡者的政策，凡偷渡至港，且已入市區同親人團聚者，即可成爲港內合法居民。

了能出人頭地，衣錦榮歸，這些年咬了多少回牙，又吃了多少苦，都不在話下。可是，時間卻回不了頭。這麼多年，對他有意思的女人不是沒有。可是他心裡，總怕讓人跟著挨苦，對人不住。男人，總該讓自己的老婆過上安穩日子。

這麼著，他就想要放棄。媒人卻又說，也不是沒辦法，就看他有沒有心。他問怎麼個有心法。媒人說，阿秀娘說了，就這一個女兒，要是去了西港，算是遠嫁。這輩子都不知見不見到了。所以一份彩禮是要的，也算提前為她送了終。

媒人就說了個數。他想一想，沒吭聲。又過了半晌，說，行。

這數目不小，他回去，把在西港開的小五金廠給賣了。他想，只要生活有了奔頭，錢能夠再掙。何況到時候，就是兩個人搭手了。

他熱熱鬧鬧地成了親。女方家的面子也掙夠了。他在鄉下待了一個月。臨走也說，回了西港，緊要把阿秀也辦過來。

他們不知道，為了這場姻緣。他拿出了全部身家，萬事要從頭來過。

他回了以往做過的凍肉廠幹活。老同事們都驚奇，說他黐線。何至於為了一個女子，十來年的辛苦打水漂。他傻笑。心裡卻有盼頭和幸福。

一年後老家人來，和他說，阿秀生了個閨女。他笑開了顏，問這問那，老家人臉色卻不甚自在。

終於回去，阿秀抱出了小人兒。玉玲瓏似的，也是細長的眼。他正歡喜著，阿秀說有事和他說，就打開了襁褓。這孩子的右腿糾結著，是先天畸形。

他愣一愣，抱著阿秀和孩子大哭，發誓要給這娘兒倆好生活。

回去後，他便分外努力，口挪肚攢，掙了錢就往鄉下寄。然而這時候，卻趕上了亞洲經濟的大蕭條。沒有了家底的人，更是首當其衝。先是被裁員，他認了命，就去打散工。無非多做些，起早貪黑更辛苦些。這樣久了，積勞成疾，咳個不停。終於有天帶出血。去政府醫院看，說是染了肺結核，已經很嚴重。

他就此不能再工作。雖然臉上無光，但還是領了政府的綜援。仍是往鄉下寄錢，只是數目愈見少了。他也不敢再回鄉，一切無從說起。

終有一日，收到同鄉帶來的書信。說阿秀改嫁了。孩子現在歸他阿娘帶。

他心裡黯了。出去喝了一夜的酒。第二天對同鄉說，要將孩子接來。同鄉嘆一口氣：這話以往說還成。現在你都這樣了，拿什麼養孩子。西港的生活又這麼貴，放在鄉下老人身邊，總還算有個靠。

又過了幾年，老人歿了。

他回去奔喪。族裡的人說，你想辦法把孩子帶走吧。

他走過去，牽了牽這孩子的手。孩子手縮一縮，抬起頭看看他，又慢慢地伸過來，放在他的大手上。

這一來，他便有些急火攻心，想著快些將孩子辦過來。然而，這些年，因為意志的消磨，對於政府頒行的各種政策已經到了漠然的程度。就找到了一個熟人幫忙，將僅餘下的三千塊當了酬勞。但竟然所託非人，熟人音信全無，連要命的「出世紙」也弄丟了。他再想一想，終於決定讓女兒走自己二十年前的老路，他東挪西借了五千塊，央人幫孩子偷渡到了西港。

那天晚上，看著細長晶亮的眼睛，他第一次緊緊擁抱自己的女兒。心底裡有些暖。儘管也知道相依為命的日子，將不太好過。

童童是個安靜的孩子，寡言少語。

開始，他以為面對這徒然四壁的家和一個陌生的大人，她有些不知所措。後來發現，這安靜是出於天性。

甚至於連同對你的好，也是安靜的。

因為有這孩子，他不願再以西洋菜煮粥慣常地生活。有時候，會在週末的時候，到幫傭過的餐廳等著。等到快收工，看人不多了。就走進去，拿一個搪瓷杯，去倒了盤子裡客人的剩菜。按理這是不合適的。但部長和服務生，以往都認識，又覺他可憐，便都睜一隻眼閉一隻眼了。

這樣幾次，在夜了回到家，就看到童童一瘸一拐地走過來，幫他接過搪瓷杯。他看桌上已擺好的碗筷，還有一煲飯。都說「窮人孩子早當家」。童童似乎又太早。他就有些心酸。

坐定了，他扒了一口飯，看到自己碗底臥著幾塊完整的叉燒，是這搪瓷杯裡的精華。便再也抑制不住，流下了淚來。

這孩子，只是臉上很少會有笑容。因怕被人看見，便不能出門。有時候，趴在窗口上，看外面。直看到天擦黑了，才下來。

社區裡終於知道了童童的存在。便有義工上門。他開始很抗拒，後來聽說只要主動向當局自首，在議員的協助下便不用坐監。童童還可獲入境處簽發「行街紙」。有了合法的身分，將來還有可能上學。

他心裡便出現了一些希望。

那天他們拍了申請「行街紙」的照片。父女兩個回到家裡。

就在這時候，他看見了「亞黑」。

他看到這隻馬騮，正蹲在他們棲身的碌架床上，一動不動地看著他。

他也是第一次看到體型這麼龐大的猴子。

他從來沒有這樣恐懼過。並不是因為這猴子。而是，他看到童童已經走到了猴子的面前，對牠伸出了手。

他不敢叫，也不敢上前，他擔心自己任何一個舉動會激怒猴子，情急下傷害自己的女兒。

他看著童童柔軟的小手，放在了牠額前的一撮毛髮上，撫摸了一下。

他看到，猴子微微舒展了長滿了皺紋的臉，發出輕聲呻吟。

在這一剎那，他覺得這猴子的面相，有些像自己。

這時候，童童回過頭看他，臉上有驚喜的笑。

他想，他決定留下了這隻猴子，或許只是為了將女兒這一整天的笑容，留到晚上。

童童和猴子對視了一會兒，打開了手上的紙袋，掏出一塊老婆餅。

猴子並沒有怎麼猶豫，迅速地拿過來。

他笑一笑，同時有些好奇地注意猴子下面的舉動。他似乎並沒有因為女兒的慷慨而不適。儘管這塊點心，對他們父女而言，已經是需要咬一咬牙的奢侈品。

猴子並沒有塞進嘴裡狼吞虎嚥。牠輕輕咬了一口老婆餅，也許是出於謹慎。很快，牠加快了咀嚼的頻率。他猜想牠應該是飢餓的。然而，仍然控制著咬食的速度，使牠的樣子不至於太像個老饕。他想起了大帽山上漫山生長的獼猴，有關牠們時常有一些新聞，多半是控訴這些野生的動物襲擊遊客，強取食物的行徑。相較之下，這隻猴子簡直是紳士了。

他於是也掰下一根剛買的香蕉。其實是街市收攤前賣剩的尾貨，熟得已經過了頭，有些發軟，現出鐵鏽般不新鮮的顏色。

猴子看一看，接過來，熟練地將香蕉皮剝下來。然後開始認真享用。牠神情的淡定自若，的確令人嘆為觀止。

童童驚奇地看牠，又望一望自己的父親，再次咯咯地笑起來。

猴子看著童童笑，也咧開了嘴巴，露出了有些發黃的牙齒與蒼紅色的牙齦。父女兩個便知道，牠應該是快樂的。

這時候，牠把香蕉皮丟在一邊，突然展開修長的手臂，一弓身，做了一個倒立的動作。這樣也暴露了牠紅色的屁股。牠就這樣倒立著，在碌架床上轉了一個圈，床上的木板就發出咯吱咯吱的聲響。

他知道牠在取悅他們父女，作為友善的回報。

這是一隻懂得感恩的猴子。

這猴子似乎不知疲倦，在床上轉了一圈又一圈，好像上了發條的機器。

「亞黑」。童童說，阿爸，我想叫牠「亞黑」。

他點點頭。

童童便再次叫，亞黑。

猴子這時候，停下來。牠伸開胳膊，抓住床上鐵欄杆，使勁一蕩，到了童童身邊。

亞黑。童童放大了聲量。猴子輕輕地叫了一下，聲音好像初生嬰兒的啼哭。

晚上，他走到床跟前，為童童蓋好被子。

亞黑睡在童童的腳邊，只抬了一下眼睛，眼神裡並沒有什麼內容，就又閉上。牠睡覺的樣子，將自己蜷成一團，也如同嬰兒。

在暗沉的燈光底下，他也坐下來。聽著女兒與亞黑發出均勻的呼吸的聲音。突然覺得，他們好像一家人。

已經很久沒有這種感覺了。他曾經的理想，或許也就是在這樣一個夜晚，有一個能坐在一起、相依為命的三口之家。

這樣坐了很久。他站起身，抽出白天買的報紙。

家裡沒有收音機與電視，這是他每天獲取資訊的唯一方式。而這資訊並非港聞大事，卻也關乎生計。報紙上經常有些超市打折的消息，還有些優惠的印花貼紙。他便如同很多過日子的阿婆，仔細地剪下來，放在鞋盒裡備用。

他戴上老花鏡，舉起剪刀。就在這時，一副圖片赫然進入視線。圖片上是一隻黑色的猴子。這是一則安民啟事，說得十分明白。西港動植物園走失了一隻紅頰黑猿，估計在西環與上環一帶活動。請廣大市民不必恐慌，該猿類為國家級保護動物，生性溫和，通常情形下不會傷害人類。如有市民知情，請迅速與警署聯絡。

他手抖了一下，回頭看一眼亞黑，頓時警醒，並倏然緊張起來。他想起，自己的行為，似乎與窩藏相關。如今在議員的幫助下，剛剛獲得赦免。如果再有新的案底，恐怕再無生天。那麼他們父女兩個的將來……

想到這裡，他頭上已經冒出了密集的汗珠。

他走到了床邊，舉起了一根香蕉。

亞黑條件反射一樣，睜開了眼睛，並咧了一下嘴。他退後了一下。亞黑坐起來，看著他。

他又往後走了幾步。亞黑跳下床，亦步亦趨。

抬起頭，還是看著他。他看著亞黑毫無戒備的眼神，忽然間心裡有些痛。

但腳下的步子，卻快了很多。

他打開了門，走出去。

亞黑也跟出去。就這麼對面站著，漸漸都適應了暗黑的光線。亞黑輕輕地叫喚，好像嬰兒的聲音。

他將香蕉放在地上。亞黑撿起來，剝了皮，低下頭，一口一口咬下去。

他閃進房間，將門關上了。

他將耳朵貼在門上，聽見了幾聲急促的叫聲，很輕。接著，是身體摩擦門的聲音。他知道，牠想要進來。

他幾乎在這時候打開了門，卻想起了什麼，將門的保險鎖按下去了。

第二天，他告訴童童，亞黑從窗戶跳走了。

童童看看他，又看看窗子，沒有說話。再抬起頭，已經沒有了笑。

他心裡默默祈禱，希望亞黑能快點被人找到，回到屬於牠的地方。

那時候，他可以帶童童去動植物園。他似乎看到了女兒與亞黑重逢時，驚喜綻放的笑容。

他們父女二人再次看到亞黑，是在第三天的中午。

當時，他正在街市裡，為一副豬肝，與「豬肉祥」討價還價。

這時候響起了槍聲。

他看到街對面康樂中心的樓頂，有一團黑色的毛茸茸的東西，晃動了一下，從排水管道上跌落下來。

他張著嘴巴，愣了神。過了許久，才想起身邊的女兒。

這時候，他看到童童向著街對過奔跑過去，一瘸一拐地。而同時，一輛貨櫃車呼嘯而過。

車身遮住了他的視線。

一些穿制服的人，大聲地喊著什麼。他聽不懂。

突然，他什麼也聽不見了。

四

新聞稿

【記者袁午清／綜合報導】日前於本港動植物園走失的紅頰黑猿，終被捕獲。市民報警，有黑色「甩繩馬騮」在西環堅尼地城一帶盤桓。警方與消防員接報趕至，見頑猿在西區德福道嘉惠閣露天停車場活動，因其行動敏捷，無法接近，警員只能充當「狗仔隊」進行跟蹤監視，同時要求漁護署人員和獸醫前來協助捕捉。

中午近一時，漁護署人員與獸醫趕至。惟頑猿已逃至西區康樂中心樓頂，獸醫遂在距離二十米處，向牠發射麻醉槍。其中槍跌落後仍爬上山坡棚架欲逃走，但因藥力發作，約十分鐘告手腳疲軟躺下。

獸醫將其放入獸籠，以手推車送至公園獸醫室，經檢驗無恙。稍後，麻醉藥力消散，被送返棲身鐵籠，「逃獄」五十六小時後才與妻兒團聚。

逃逸期間，此「甩繩馬騮」曾大鬧中半山豪宅區，此地區多商賈名流和明星居住。據聞舊山頂道七號金陵閣一謝姓女星，因受到該猿滋擾，驚嚇導致精神失常，已送至大青山康復中心修養。

此爲西港動植物公園第三宗涉及猿猴案件。最嚴重一宗乃〇二年八月二十六日，公園內一頭三十歲雄性紅頰黑猿，抓傷在籠内清潔的女工右肩。

《星港日報》二〇一一年十二月二十二日

稿子總算發出去了。真搞不懂，西港人為了一隻猴子，也要長篇累牘地跟蹤報導了三天。黐線。

不是為了阿玉，我大概不會選擇留在這裡工作。也不知道她什麼時候才能拿到博士學位。

在這裡，作為一個媒體人的理想，大概要一天天地磨掉了。想當年剛入行，在《國民日報》做見習記者，已經在國際要聞部跟著外交大佬們作隨訪。現在倒好，上禮拜陪了漁護署去界限河抓被人棄養的鱷魚，今天又要夥著西區警署的人去逮馬騮。這世道，真是畜生比人金貴了。

出了報館，突然覺得蝕心的餓。想街角有間久負盛名的小餐廳，還未幫襯過。就走進去。點了一個蘿蔔牛腩粉。湯頭很好，味道濃厚。結帳時，還是傳統的派頭。老伯慢悠悠地收錢，找錢。拿出簿子記下帳數。

合上簿子，見面上貼了張白紙，上面寫了四個字：死亡筆記。

我笑一笑，走出門去。

抬起頭，一天燦爛的好星。

龍舟

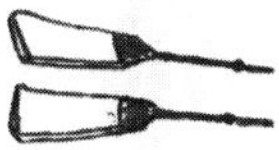

于野的印象裡，香港似乎沒有大片的海。維多利亞港口，在高處看是窄窄的一灣水。到了晚上，燈火闌珊了，船上和碼頭上星星點點的光，把海的輪廓勾勒出來。這時候，才漸漸有了些氣勢。

于野在海邊長大。那是真正的海，一望無際的。漲潮的時候，是驚濤拍岸，不受馴服的水，依著性情東奔西突。轟然的聲音，在人心裡發出壯闊的共鳴。

初到香港的時候，于野還是個小孩子，卻已經會在心裡營造失望的情緒。他對父親說，這海水，好像是在洗澡盆裡的。安靜得讓人想去死。

父親很吃驚地聽著九歲的兒子說著悲觀的話。但是他無從對他解釋。

他們住在祖父的宅子裡，等著祖父死。這是很殘酷的事情。于野和這個老人並沒有感情。老人拋棄了大陸的妻兒，在香港另立門戶。一場車禍卻將他在香港的門戶滅絕了。他又成了孑然一人。這時候，他想到了于野的父親。這三十多年未見的兒子是老人唯一的法定繼承人。

祖父冷漠地看著于野，是施捨者的眼神。他卻看到孫子的表情比他更冷漠。

這裡的確是不如七年前了。

于野站在沙灘後的瓦礫堆上，這樣想。他已是個二十歲的年輕男人。說他年輕，甚至還穿著拔萃男校的校服。其實，他在港大已經讀到了第二個年頭。而他又確乎不是個孩子。他靜止地站著，瘦長的站姿裡可以見到一種老成的東西。這老成又是禁不起推敲的，二十年冷靜的成長，使他避免了很多的碰撞與打擊。他蒼白的臉，他的眼睛，他臉上淺淺的青春痘疤痕，都見得到未經打磨的稜角。這稜角表現出的不耐，是他這個年紀的。

是，不如七年前了。他想。

哪裡會有這麼多的人，七年前。

中三的時候，于野逃了一次課，在中環碼頭即興地上了一艘渡輪，來到這裡。船航行到一半，水照例是死靜的。所以，海風大起來的時候，搖晃中，于野幾乎產生了錯覺，茫茫然感到遠處應該有一座棧橋，再就是紅頂白牆的德國人的建築，鱗次櫛比接成了一線。

沒有。那些都是家鄉的東西。但是，海浪卻是實在的。

靠岸了，香港的一座離島。

于野小心翼翼地走下船，看到衝著碼頭的是一座街市。有一些步伐閒散的人。店鋪也都開著，多的是賣海鮮的鋪頭。已經是黃昏的時候，水族箱裡的活物都有些倦。人也是。一個肥胖的女人，倚著鐵柵欄門在烤生蠔。蠔熟了，發出滋滋的聲響，一面滲出了慘白的汁。女人沒看見似的，依舊烤下去。一條瀨尿蝦蹦出來。于野猶豫了一下，將蝦撿起來，扔進水族箱。蝦落入水裡的聲音很清爽，被女人聽到。女人眼神一凜，挺一下胸脯，對于野罵了一句骯髒的話，乾脆利落。于野一愣神，逃開了。

一路走過，都是近乎破敗的騎樓，上面有些大而無當的街招。灰撲撲的石板路，走在上面，忽然撲哧一聲響，濺起一些水。于野看一眼打濕的褲腳，有些沮喪。這時候看一個穿著警服的人，騎著一輛電單車，很遲緩地開過來。打量一下他，說，後生仔，沒返學（上學）哦，屋企係邊啊。他並不等于野答，又遲緩地騎走了。于野望著他的背影，更為沮喪了。

路過一個鋪頭，黑洞洞的，招牌上寫著「源生記」。于野探一下頭，就見很年老的婆婆走出來，見是他。嘴裡發出咄的一聲，又走回去。將鋪頭裡的燈亮起來了。于野看到裡面，幽藍的燈光裡，有一個顏色鮮豔的假人對他微笑。婆婆也對他由衷地笑，露出了黑紅色的牙床。向他招一招手，同時用手指撣了撣近旁的一件衣裳。這是一間壽衣店。

海灘，是在于野沮喪到極點的時候出現的。

于野很意外地看著這片海灘，在瀰漫煙火氣的漫長的街道盡頭出現。

這真是一片好海灘。于野想。

海灘寬闊平整，曲曲折折地蔓延到遠處礁岩的腳底下，略過了一些暗沉的影。乾淨的白沙，鬆軟細膩，在斜陽裡頭，染成了淺淺的金黃色。好像蛋撻的脆皮最邊緣的一圈的顏色，溫暖均勻。

于野將鞋子脫下來。舀上一些沙子，然後慢慢地傾倒。沙子流下來，在安靜的海和天的背景裡頭，發出簌簌的聲音。猶如沙漏，將時間一點一點地篩落，沒有任何打擾。風吹過來，這些沙終於改變了走向，遠遠地飄過去。一片貝殼落下來，隨即被更多的沙子掩埋。頭頂有一隻海鳥，斜刺下來，發出慘烈的叫聲，又飛走了。

于野在這海灘上坐著，一直坐到天際暗淡。潮漲起來，暗暗地湧動，迫近，海浪聲音漸漸大了。直到他腳底下，于野看自己的鞋子乘著浪頭漂起來。在水中閃動了一下，消失不見。

七年，于野對這座離島的造訪，有如對朋友，需要一些私下、體己的交流。他通常會避開一些場合，是有意識的擦肩而過。清明、一年一度的太平清醮、佛誕。通常都是隆重的，迎接各色生客與熟客。這離島，是香港人紀念傳統的軟肋。後來回歸了，這裡又變成了駐港部隊的水上跳傘表演基地。每年的國慶，又是一場熱鬧。海灘是紛繁的，然後又靜寂下來。這時分，才是給知交的。靜寂的時候就屬於于野了。他一個人坐在這靜寂裡，看潮頭起落，水靜風停。

但是，人還是多起來。當于野在一個星期二的早晨，看見混著泡沫的海浪將一只易開罐推到了腳邊，不禁皺了皺眉頭。觀光客，旅行團，在非節假日不斷地遭遇。當他們在海灘上出現的時候，歡天喜地的聲音攙在海風裡吹過來。政府又將海灘開放，帆板與賽艇，在海面上輕浮地劃出弧線。

他終於決定，選擇晚上來。這島上喧騰的體溫，徹底沉頓。穿過燈光閃爍的街市，火黃的一片。在這火黃將盡的時候，就是一片密實的黑了。

這一天，于野站在沙灘後面的瓦礫堆上，遙遙地望過去。看見湧動的人頭，無奈地抖一抖腿。端午這天來，實在是計畫外的事情。父親將那女人接回家裡了。若是她老實地待在醫院裡安胎，于野是不會出門的。

端午，在這座城市，或許是個蕭條的節日。這裡的人，對春夏之交素無好感，悶熱陰濕的天氣，可以在空氣中抓出水來。端午前後，吃粽子，間或會想起屈原這個人。而到了農曆五月初五這一天，平凡人家，通常是輕描淡寫地過去。

所以，于野看見海灘在黃昏的時候，竟然繽紛成了一片，實在出於意表。遠處有些招展的旗幟。有些響亮的吶喊。望得見穿著不同顏色背心的男人扛著龍舟走過來，一面喊著號子。

待這些龍舟在沙灘上穩穩擺定，于野禁不住走近前。這些船，通體刷著極絢爛的色彩。龍的面目可掬，都長著卡通的碩大的眼，一團和氣。龍頭被打扮得花枝招展，纏著紅綢，插著艾草。

于野倏然明白，這是島民一年一度的龍舟競渡。

選手們在岸上熱身。供圍觀的人品頭論足。

一個長者模樣的人，一聲令下，龍舟紛紛入了水。

這時候有鼓樂響起，不很純熟，氣勢卻很大。于野這才看到，岸上的人群中，還有一群年輕的男孩子，站得筆直，雪白色的制服和黑褲。其中卻有兩個，底下穿的是斑斕的蘇格蘭裙。黑紅格的呢裙底下，看得見粗壯的小腿。這大概是這島上應景的樂隊，繼承的也是傳統，卻是來自英倫的。

就在這鼎沸的聲音裡頭，過去十幾分鐘，龍舟遙遙地在海裡立了標杆的地方聚了，那裡才是比賽的起點。

一面鮮紅的大旗，迎風嘩地一搖。就見龍舟爭先恐後地游過來。賽手們拚著氣力，岸上的吶喊響成一片，不知何時又起了喧天的鼓聲。那是船上的鼓手，打著鼓點控制著搖槳的節奏。

一條黃色船，正在領先的位置。鼓手正站在船頭，甩開了胳膊，大著力氣敲鼓，身上無一處不動，洋溢著表演的色彩。

于野在這喧騰裡，有一種不適。但是，他又逼迫自己看下去。很意外地，耳膜在這擊打之下，產生了快感，一觸即破。或者說，其實是甦醒了。在祖父的宅子裡，沉悶幽黯的流年侵蝕下，退化的感覺，在這喧騰噬咬下甦醒了。

于野不禁跟著吶喊了一聲，喊得猛烈而突兀，破了音。他有些羞慚地住了口。但是並沒有人聽見。他的聲音，被聲浪徹底地吞沒。

這時候，海天相接的地方，波動起來。亮起了火燒一樣的顏色，是夕陽墜落。龍舟們行進得越發地快，好像也被燎上了火。人們也越發振奮起來，聚攏，再聚攏。

到了衝刺的階段，卻有一條紅色的船，一連超越了好幾條，最後超過了黃色的那條，到了近岸的位置，居了第一。

裁判將大旗插到紅色龍舟的船頭上。于野心裡一陣悵然，覺得失之交臂。

與鋪墊相比，這龍舟的賽事，過程太過簡潔。

樂聲又響起。這回卻不同，沒有嘈雜，是那兩個穿格子裙的男孩，吹奏風笛。蒼涼暗啞的單純聲響，遠遠鋪展，和這雀躍的背景有些不稱。

暮色到底降臨，使得這表演的性質近乎謝幕。

人漸漸都散了。樂隊的其他成員，開始交頭接耳。龍舟又被扛起來，緩緩挪動開去，這回沒有人喊號子。龍頭上巨大的眼睛和喜樂的面目，未得其所。吹奏風笛的男孩子，並排地邁動步伐，吹出的聲音更沉鬱了一些。兩個人，臉上令人費解地莊嚴肅穆，好像是參加喪禮的樂師。這時候，于野看見一個白色影子，緩緩跟隨這支樂隊，消失在暗沉裡。

人終於走光了。海灘上再次安靜。這安靜是屬於于野的。他欣慰地嘆一口氣，坐下來。

于野四望一下，確信這是他熟悉的那個海灘。海那邊彙聚了一些褐色的雲，月亮升起來，在雲的間隙裡行進，漸漸躲到礁岩背後去了。溫度下降，有些涼。

他瞇起眼睛，將這海灘的輪廓梳理一遍。看見瘦長的影子，那不是這海灘慣有的。是一個彎曲的昂首的形狀。于野站起來，遙遙地望過去，仔細地辨認，發現是一隻被遺落的龍舟。

這龍舟在這沙灘上，籠在月光裡頭，分外地安靜。沒有了游弋的背景，終於成了一個死物。

于野走過去，摸一摸那龍的頭，還是潮濕的。彩色的綢成了淨濕的一條，有氣無力地搭在龍角上。角上掛著一支槳，槳葉纏上了水草。于野拎起來，突然，有什麼東西落在他腳上，窸窸窣窣地，驚惶間爬走了。是一隻小蟹子。

于野吁了一口氣，扔下船槳，轉身要走開。

背後有風，響動織物的聲音，隱隱間有些寒氣沿著耳畔襲來。

于野回過頭，看見一個白色的身影立在船尾。

白色的身影說，你在做什麼？

于野站在原地，慌亂了一下，鎮靜下來。因為這聲音很好聽，有著游絲一樣的尾音。

于野說，沒幹什麼？

白影子走過來。是個女孩子。看上去和于野的年紀相仿。她抬起頭，撩開頭髮，是張蒼白圓潤的臉。

你不是這島上的。

于野沒有答話。看女孩的白裙子在海風裡飄揚起來。這裙子的質地非常單薄，絹一樣。于野想，她會覺得冷。

女孩湊近了一些，打量他，然後說，原來是拔萃的，名校。

于野抬起手，有些不自在，擋一擋襯衫上的校徽。一面說，畢業了。

女孩笑了，笑得有些發苦。這時候月光亮了一些，于野看清楚了她的面目。女孩長著那種細長上挑的眼睛。眼角很鋒利地向鬢角掃上去，大概就是人們說的鳳目。這在廣東人裡是很少的。

這眼睛的形狀，讓她的神情變得有些難以捉摸。女孩說，畢業了還穿校服，扮後生？

于野說，對，扮後生。

女孩問，你是不是常來這裡？

于野想一想，點點頭，又有些不甘心地問，你怎麼知道？

女孩眉毛挑起來，像在于野身上尋找什麼。于野聽見她輕輕地說，你雖然不是這島上的人，但你身上有這島上的氣味。

女孩說了這句話，朗聲笑起來。這笑聲在夜風裡打著顫，有些發飄。

于野皺一皺眉頭，覺得這笑聲不可理喻。但是，不由己地，他覺得這陌生的女孩的笑聲，吸引了他。

待女孩的笑聲平息了。于野鼓起勇氣，問，你是這島上的？

女孩的神情，突然變得嚴肅了，她說，是吧。

于野不知如何接，輕輕地「哦」了一聲。

女孩遙遙地指一指島的西邊，說，我住在那裡。

為什麼來？來看龍舟競渡？

女孩攏一攏裙子，在海灘上坐下來，同時指了指身邊。于野愣一愣，也坐下來。

女孩側過臉看他一眼，頭髮被風吹動，髮稍掠向一邊。頸上的皮膚很白，看見得透明的，青色的血管。女孩並沒有說更多的話，于野感覺到有一股涼意襲來。

女孩說，聽你的口音，你不是在這兒出生的。

這句話刺痛了于野，卻也在靜默之後，為兩個人的交談打開了一個缺口。

于野抓起一把沙子，緩緩地，任沙子從指縫中流下來。

他想起了母親。

來到香港的第一年，母親去世。父親是于野唯一的親人了。這個寡言的男人，為打理祖父的公司，未老先衰。原本不是做生意的料，做到了鞠躬盡瘁。敗頂，大肚腩，外加風濕性心臟病。沒有戀愛，偶爾有性。不同的女人在家裡出入，如同走馬燈。然而，有這麼一天早晨，一個女人讓于野感到面熟。這個女人從乾衣機裡，拿出衣服，一件件疊好。看見于野，將整齊的一摞，襯衫，睡衣，底褲遞到他手上。說，你的，拿好。

于野臉一紅。將衣服擲在地板上。

七年過去了。

這面目樸素的女人仍然沒有名份。

每年于野的生日禮物，都是她買的。如果是應景也就罷了，但偏偏每樣禮物都買到了于野的心坎裡。于野是個物欲淡漠的男孩，只喜歡極少數的東西。當十二歲那年，他看見書桌上多了一隻限量版的鹹蛋超人。這玩具曾令他朝思暮想，那感覺如同折磨。

他拒絕。女人捉過他的手，將禮物放在他手裡。

那是雙綿軟溫熱的手。

女孩說，以前，端午賽龍舟，要先唱「龍船歌」。你聽過麼？

于野搖搖頭。

女孩輕輕哼唱，于野聽不懂詞句，但覺出了旋律的沉厚。女孩唱一段，將歌詞念出來。「鑼鼓停聲，低頭唱也，請到天地初開盤古皇，手拿日月定陰陽，先有兩儀生四象，乾坤廣大列三綱……」

女孩說，這是首古曲，早就沒人唱了，是家傳的。我們家沒有男丁，祖父就教給了我。

于野靜靜地聽。這歌很長，女孩不知疲倦地唱下去。

他想起，女人也是愛唱歌的。最愛唱一首《茉莉花》。好一朵美麗的茉莉花，好一朵美麗的茉莉花，芬芳撲鼻滿枝丫，又白又香人人誇……那晚女人唱著這首歌。于野經過她的房間，門虛掩著。于野看見她的身體。女人在父親身上扭動，好像一隻白海豚。于野只見過一次白海豚，在屯門。光滑豐腴的白海豚，從海面上一躍而起，同時甩了一下尾巴，發出暗啞的叫聲。

他看見父親放下手中的紅酒，走過去，撫摸她，將她穿好的衣服剝落，如同蟬蛻。他看見她跨坐在父親身上，再一次地，如同白海豚一般呻吟，淺唱。父親發福的身體上，顛簸中的，是她滑膩的背與臀。父親是她的船，在欲望的海潮中，且停且進，漸行漸遠。突然，她禁不住嘶喊了一下，這聲音令于野忍無可忍。他在膨脹中，掙扎著走了幾步，拉下了電源總閘。

黑暗中，于野欣慰地聽見，這對男女從欲望的潮頭，掉落下來了。

夜裡，于野夢見自己騎在一頭白海豚身上，白海豚平穩地游動，忽而在空中翻騰了一下，他也跟著牠旋轉，翻越，在茫茫然的海浪中穿梭，起落。然而，就在他們緣著最高大的浪峰攀登的時候，他感到背上一陣銳利的痛。他回過頭，看到父親手中的匕首，滴著血。他虛弱地在空中抓了一下，擊打了一下海面，慢慢地，慢慢地跌落在陰冷濕滑的海底。

于野猝然醒來，坐起，見自己籠在清亮的月光裡頭，無處藏身。他愣一愣神，羞慚地將底褲脫下來，扔到了床底下。當他放學回來的時候，看見那條底褲正與其他衣服一起，在陽台上濕漉漉地滴著水。女人放下手中的晾衣竿，回過頭，對他笑一笑。笑得很溫柔。

于野突然覺得喉頭發乾，他從包裡拿出一聽（罐）可樂。想一想，又拿出另一聽，遞給女孩。

女孩側過臉，看見可樂鋁罐。突然驚叫一聲，她掩住面，嘴裡說，拿開，拿開。紅……

女孩神經質地抖動，將頭放在膝蓋間。于野突然感到厭惡，但是，他還是將可樂放回包裡。

女孩說，我要走了。

于野並沒有抬頭。

月亮已經升到頭頂。一輪上弦月，發著陰陰的光。

于野看見海灘的東邊，是一排長長的建築。偶有一兩個窗子亮著燈。其中一個在他在看的時候，迅速地熄了。

這些混凝土的小樓原是民居，後來因為來島上的人多了，便被島民改建成了簡易的度假屋。只是看起來，生意並不景氣。

于野是不預備回家去了。躊躇了一下，向那邊走去。

經過了剛才落腳的瓦礫堆。于野突然停住。他揉一揉眼睛，看到，一堆碎石下面，無端地開出一枝豔異的白色花朵。在夜色裡招搖得不像話，于野看一看，更快走過去。

度假屋外面，有一個門房。看起來兼營著小賣部的營生。賣零食和飲料，租借燒烤工具。在醒目的地方，還擺著各式的保險套。于野掃了一眼，一個精瘦的男人走過來，說，要浮點的，還是水果味的？新貨。

于野說，我要住店。

男人拿出一本簿子，問，一個人，過夜嗎？

于野抬頭望一眼黑黢黢的天，說，嗯。

男人戴上眼睛，打量他一下，說，身分證。

于野將身分證掏出來，男人看一看，又向他背後掃一眼，說，沒別人吧。

于野並沒答他。男人自說自話，現在做生意不容易，小心駛得萬年船。去吧，三〇三。望左拐，第二個門洞。

于野上了樓，聽見木樓梯在腳下吱吱嘎嘎地響。

上到三樓，找到三〇三，看見似乎新漆過的一扇門，本應該是亮藍的顏色，在日光燈底下有些發紫。

于野掏出鑰匙，打開門。一百來呎的房間，裡面還算整飭。牆上貼了淡綠的牆紙，星星點點地綴著草莓的圖案，經了年月，有些舊。靠牆砌了一個木臺，上面擺了個床墊。床單和被罩也是淡綠的，透著白，看得出洗了很多次。電視是有的。打開冷氣機，隆隆的聲響過後，房間卻也涼快下來。

靠陽台的地方，居然還擺了一個電飯煲。于野將鍋揭開來，裡面擺了整齊的一副碗筷，只是碗沿上殘了一塊。

于野將陽台的門打開，腥鹹的海風吹進來，味道有些不新鮮。聽得見海浪迭起的聲音。月亮已經不見了，眼前是界線模糊的一片黑。在靠近礁岩的地方，辨得出有一條弧形的影，那是被人遺落的龍舟。

這房間裡有個僅容得下一人的小浴室。沒有門，掛了一個粉色的半透明塑膠帘子。于野將帘子揭開，看見迎面的白瓷磚的牆上，赫然八個黑色大字：

禁止燒炭，違者必究。

濃墨重彩。

于野想起男人看他的眼神。明白了。這幾年，來離島燒炭成了香港年輕人流行的自殺方法。多半是為殉情。于野倏然感到這警告的滑稽，燒炭如果成功了，誰又去追究誰。

不知道這裡是不是案發現場，這樣想著，他笑了一下。將水龍打開，熱水不錯，有些發燙。

于野脫了衣服，沖洗。浴室裡擺了沐浴乳，于野擠了些在手上，是廉價的香橙味道。他皺皺眉頭，將水開得更大了一些。帘子受了水的擊打，霧氣繚繞間，顏色陡然變得妖嬈，似是而非的桃色。

他關上水龍，熱汽散了。鏡子裡是張蒼白的臉，發著虛。浴室裡有一條浴巾。于野沒有用。濕淋淋地出來，將衣服鋪在床單上，躺在上面，晾乾。天花上有些赤褐色和黃色的痕，大概是因為雨天陰濕，蜿蜒流轉。

這時候，于野聽見敲門的聲音。他沒有動彈，聲音更急促了一些。他猛然坐起，將浴室裡的浴巾扯過來，裹在腰間。打開門，看見精瘦的男人手裡舉著一條鑰匙，說，你落在門上了。後生仔，小心點。他接過鑰匙，關上門。

回過頭，卻看見一個人立在眼前。是那個女孩。

她還穿著晚上的白裙子，頭髮泛著潮氣，披掛在肩頭，在燈底下閃著光，彷彿幽黑的海藻。

于野的眼神硬了一下。他走近一步，將女孩攬在懷裡。當他使力的時候，女孩掙扎，浴巾落下來。

他用嘴捉她的唇，她偏開臉去。他箍緊了女孩的腰。女孩綿軟在他臂彎裡，像一匹織弱輕薄的白色綢緞。這種感覺刺激了他。于野摸索著，要將裙子剝落下來。那裙子卻滑膩得捉不住。他一使勁，索性將它撕裂了。

這裙子裡，只有一具瓷白的身體。

這身體也是半透明的，頸項間，胸乳，肚臍，甚至私處的都看得見隱隱的綠藍的血管，底下有清冷的液體流動。

于野感覺這身體深處的涼意，在侵蝕自己火熱的欲望。

他等不及了。他進入她，在同時間打了一個寒戰，像被冰冷的織物包裹住了。這虛空感讓于野在匆忙間沒著落地抖動，無法停止。

他想起那女人的身體，不是這樣的。

暑意褪去的十月夜晚。那身體走進他的房間。將他脅裹，他感到的只有熱，砥實的火一樣的熱。燃燒他，熔化他，將他由男孩鍛鍊成了男人。

那樣的熱他只經驗過一次。卻讓他著魔。

他跪在那女人腳邊，哀求她。他要她給他，就像她給他鹹蛋超人。

女人撫摸自己的膨脹起的腹部，搖頭，然後輕輕捏他的臉，用激賞的口氣說，孩子，好樣的，一次就搞出了人命。比你老子強一百倍。

他說他不明白。

女人冷笑，你造出了你爸的另一個繼承人，他會搶去你的飯碗。

他回憶著那女人給他的熱。在詛咒中，又使了一下力，同時感受著身體冰冷下去。女孩只是微笑地看著他。他猛醒，想抽身而退，卻動彈不得，更深地嵌入進去。倉皇間，他咬緊牙關扇了她一巴掌，他看見明豔的血從她嘴角流出來。這時候，有冰涼的液體滴到他背上。他轉過頭，看見天花板上，赤色的裂痕間，正充盈著紅色的細流。汩汩地，在他頭頂積聚成碩大的豔紅的水滴。

第二天的清晨，天亮得很早。

陽光照進來，落在年輕男人赤裸的身體上。他已經沒有聲息，但是神情鬆弛，臉上還掛著笑意。

沙灘上很熱鬧，一些人七手八腳地拖動一條龍舟。龍舟神情喜樂，在海潮迭起的背景中，栩栩如生。而瓦礫堆旁邊，也聚攏了一些人。遙遙地有一輛警車，開動過來。漸漸人頭攢動。原來，半年前失蹤的女孩，骨骸在瓦礫底下被發現，已經腐爛，難以辨別。

女孩白色綢緞衣服的碎片，卻十分完整，在陽光底下熠熠生輝。

正在蒐集物證的女法醫，突然驚叫。人們看見這面色羞紅的年輕女人，顫抖著對警司說，她在屍體裡發現了男子新鮮的體液。

聖彼得醫院裡，一個女人臨產。女人在凌晨時突然陣痛，被從家裡送過來。因為嬰兒體型巨大，只好進行剖腹產。手術室外，是憂心如焚的中年男人。他心神不寧地給夜不歸宿的兒子打電話。無人接聽。

一個鐘頭過去，傳來嘹亮的啼哭聲。所有的人鬆了一口氣。

初生的女嬰，在眾人的注視下，突然間停止了哭泣。她打了一個悠長的呵欠，倏然睜開了眼睛。成人的眼睛，眼鋒銳利，是一雙鳳目。

殺魚

阿金血頭血臉地跑過來，我就想，準是東澳的魚檔，又出了事。

這一天響晴。其實天氣是有些燥。海風吹過來，都是乾結的鹽的味道。我站在遊渡的一塊岩石上，看著阿金跑過來。嘴裡不知道喊著什麼。風太大，聽不見。

待他跑近了，我才聽清楚。他喊的是，佑仔，快跑。仆街的海風。

我們一路跑。七斗叔剛從郵政局裡出來。單車還沒停穩，砰地一聲被撞倒在地上。顧不得扶，接著跑。經過龍婆的蝦乾。抵死，她永遠把蝦乾曬到行人路上。金燦燦的一片，給我們踩得亂七八糟。龍婆窩在她的酸枝椅裡，站起身，中氣十足地開始罵街，罵我們有娘養沒娘教。

阿金回過頭，腳步卻沒停，喊說，阿婆，我是有奶就是娘，你餵我一口得啦。

龍婆的聲音也淹沒在風裡了。

並不見有人追上來，可我們還在一直跑。跑著跑著，不再聽到周圍的聲響，除了胸腔裡粗重的呼吸。也不感到自己在跑，倒好像是經過的東西，在眼前倒退。村公所，康樂中心，士多店，警署。新調來的小巡警，倒退得慢一些。他開著迷你的小警車跟在我們後面。

跑到了沒有人的地方，澳北廢棄的採石場。

我們癱在一塊大石上，躺下來。

這時，太陽正往海裡沉下去。西邊天上就是大片大片的火燒雲。重重疊疊，紅透的雲，像是一包包血漿，要滴下來。滴到海裡，海就是紅的。光也是紅透的，染得到處都是。我和阿金一樣，成了個血頭血臉的人。

整個雲澳，是血一樣的顏色。

這是我們住的地方。我生下來，就住在這裡。

是的，我們村，叫雲澳。

它有另外一個名字，叫「東方威尼斯」。

小時候，聽青文哥說，威尼斯是個多水的城市，在一個叫義大利的歐洲國家。我就去查地圖，這個國家，是在長得像靴子的半島上。

我想有一天，我要去威尼斯看一看。因為我心裡，總是有些不服氣。為什麼要叫我們「東方威尼斯」，而不叫威尼斯「西方雲澳」呢？

阿金喘息著，說，丟，你說，我們就這麼躺著多好。最好永遠起不來。

我呸他一口，說，大吉利是，你躺你的，躺一世都行，唔好帶上我。

唉，你說，阿金用胳膊搗我一下：他賣他的蠔，井水不犯河水，憑什麼說我們的蠔仔有毒。

我就知道了剛才我們搏命跑的原因。阿金為了維護尊嚴又和人幹了一仗，沒打過人家，落荒而逃。我就說，金哥，你開了個魚檔，倒好像開了個擂台。打遍雲澳全敵手。阿金看我一眼，一拳打在我胸口。兄弟，練這一身的腱子肉，不是用來勾女的。英雄要有用武之地。

丟，什麼世道。看我早晚收拾了他。阿金仰著臉，長嘆一聲，咱們手上得有帶火的。

遠遠望見家裡的水寮亮著，知道阿爺還沒睡。

阿爺坐在門口，半蹲著，殺魚。

我站在他面前，輕輕叫，阿爺。阿爺沒抬頭，也沒應，用腳點一點邊上的火水燈。我拎起燈，燈光淺淺射出來，正照著阿爺的臉。影子就拉得老長，折在對面的泥牆上。

自從我跟永利叔拜了碼頭，阿爺就不和我說話了。

阿爺在殺一尾大頭鮪。魚還是鮮活的，阿爺抄起九寸刀，猛揚起手，刀背重重落在魚頭上。魚撲騰一下，又一下，就不動了。阿爺踩住魚頭，右手執刀自魚尾一刮，魚鱗就落下大半。翻轉了魚身又是一刮。然後刀尖一轉挑出鰓，劃開魚肚，掏出魚鰾和暗紅的內臟。利利落落，前後不過一分鐘。

阿爺洗了洗手，又用草木灰將刀擦一擦。端起盆走出幾步，潑出去。轉身回屋去了。留了我一個，看著泡了魚血的水，在地上蜿蜿蜒蜒，流到腳邊來了。空氣中就滲出一股濃濃的腥氣，散到夜裡頭了。

說起來，阿爺殺魚，在我們雲澳是一絕。就憑著一柄刀，快，準，乾淨。打老輩人開始，這技藝就漸漸沒落。澳東的漁場，殺魚都機械化了。可是村裡的人，還是來買阿爺殺的魚。說都是魚，阿爺殺出來的，特別鮮。

我小時候，阿爺還是在場上殺魚的。剛起網的魚，活蹦亂跳。阿爺三兩下就收拾了。碼上鹽，整整齊齊地排在碼頭上。

十多年前的漁場，還很寬綽。人和船，都沒有這麼多。阿爺殺累了，就叼著煙斗，坐在馬扎上打瞌睡。我依著他。陽光穿過曬滿蝦乾的吊網，星星點點，篩在我們身上，暖融融的。那天，我記得清楚，突然來了群穿得花花綠綠的人，圍上來，對著我們拍照。我沒拍過照，怕得很，哇地就哭了。阿爺不作聲，拎起木桶，蹲到一邊去，殺魚。那些人跟過去，一邊看，一邊用我不懂的話嘰嘰喳喳。女人們發出驚嘆。閃光燈一陣響。

傍晚，家裡就來了個男人。給了一張名片，跟阿爺說，是旅行社的。說剛才一群日本遊客，看阿爺殺魚的技藝，欣賞極了。他們公司正在開發雲澳的鄉土旅遊線，希望能和阿爺合作，請阿爺常駐在漁場表演殺魚。酬勞比老實賣魚可豐厚多了，遊客多了還能提成。

阿爺不說話，埋著頭磨刀，擺擺手。那人還在嘰嘰咕咕，不肯走。阿爺忽然站起身，揚起九寸刀，刷地飛出去，狠狠釘在了門板上。那人就逃出去了。

這些事，我當時是不懂得的，只是沒見阿爺發過這樣大的火。阿爺後來講給我聽，阿爺說，人不是馬騮，殺魚也不是雜耍，要演給誰看！

阿爺再也沒有去場上殺魚了。

早上起來，看桌上擺著碟菜脯蛋，還有一碗蠔仔粥。阿爺已經出去了。我知道，今天初六，阿爺去後山祭我阿爸了。我阿爸現在只有兩個人祭他，就是我跟阿爺。我六歲的時候，阿爸在海上出了事，一年後阿媽就改了嫁。阿媽要帶我走。阿爺不說好，也不說不好，只是執了一柄刀，站在大門口。阿媽放下我，再也沒上門。

以往，阿爺去祭阿爸，帶上我。在墳上澆上半罈自家釀的粟米酒，然後坐下來，自己喝掉剩下的半罈。也給我飲。我醉了，他就背著我，下山去了。有一次，我趴在阿爺背上，聽見阿爺啞著嗓，唱一首我聽不懂的歌。唱到一半，不唱了，就聽見他小聲地哭起來。

那是我唯一一次聽到阿爺哭。我就想，我長大了，就好背著阿爺上山看阿爸了。可是，現在阿爺不和我說話了。

我喝了粥，還是眼瞓。就又去睡了。

朦朦朧朧地，夢到一條魚。那條魚圍著我打轉。身上的鱗片閃得晃眼睛。牠游過來，靠近我，蹭一蹭我的身體。滑膩得不得了，又濕又暖。我想摸摸牠，牠一擺尾，就不見了。

這時候，一隻手大力打在我襠上。我疼得一激靈，醒過來，看見阿金的臉，掛著賤笑。

我正要發火。他先躲開一步，說，死衰仔，仲瞓！發緊春啊，扯旗扯到鯽魚涌了。

我一低頭，瞥見自己的下身，臉也紅了。我翻過身去，悶一聲，去死喇。

死阿金又一掌，拍在我屁股上，說，快點起身啦，知你個大頭蝦不記得，今年楊侯誕，說好給利先叔幫忙的。你冰山阿爺都在場上了。

我這才想起來。一個鯉魚打挺，套上背心，推著阿金就往門外走。

碼頭上已經很熱鬧了。

阿武哥和幾個後生，扛著獅頭向竹橋走過去。這道橋跨越涌口，連接楊侯廟跟對岸的戲棚和花炮會棚。這竹橋是前些天搭起來的，我也有份幫手。橋替了茂伯的雲水渡。誕日人太多，也怕他兩邊船來船往忙不過來。這時候正漲潮，橋底的水嘩嘩響，歡快得很。

我和阿金跑過去，接過其他後生的家什。阿武掃我們一眼，恨恨說，你們兩個懶骨頭，只會在利先叔跟前扮嘢。

阿金吐一下舌頭，說，誰能逃過武哥的火眼金睛。

楊侯廟跟前，已經聚集了許多人。多數的花炮會已經祭拜過了，這會兒正擲杯「搶花炮」。聽阿爺說，早些年真的是用搶的。後來跟鄰村傷了和氣，才改用了抽籤和擲杯。算是一年的運勢，天注定吧。

舞獅的時候，我格外賣力。說起來，掌獅頭的，要有身個兒，要腰力好，還要有股子機靈勁兒。前些年都是青文哥。這小子後來出息了，考上了公務員。不和我們這群小孩兒玩了。也是利先叔，一拳擂在我胸口。說阿佑也大個仔了，扛得起獅頭。這才輪到了我。

今年坑頭村的獅子舞得格外生猛，鑼鼓似乎也和我們卯上了勁兒。我不睬他們，步子沉下來。腳底不能亂了陣。我知道，利先叔正盯著呢。這會兒利先叔坐在廟門口，半瞇著眼，手裡搖著把蒲扇。其實什麼都看得清楚。步法走錯了，鼓點沒跟上慢了半拍了，都休想逃過去。

利先叔五十的人了，沒一點老花，目力好過後生仔。他說他少年時，生了眼疾，他阿媽剜了自家貓的一對眼睛，裹在龍眼裡餵他。他眼好了，抱著瞎貓的屍首哭。他阿媽一個巴掌扇過去，說，不想被人剜了眼，就先得剜了人的眼。

利先叔不是心硬的人。他跟我們說得最多的，是「以和為貴」。每年楊侯誕，他捐的供奉，也是幾條村最多的。利先叔說，廟立在寶珠潭，可是有風水的講究。這寶珠，正在大嶼的獅山與龍脊水口之處。所謂獅龍爭珠多苦厄，是要傷及鄉鄰的。這楊侯是南宋二帝護主的忠臣。建侯王廟，才可鎮住獅龍，碑文上有「廟得寶而顯」，不為自家，而在忌憚左右，說到底，只為一個「和」字。如今雲澳民安物阜，也正在一個「和」字。

舞獅要靠一把氣力，一個鐘工夫，汗裡外濕了個透。阿金幫我把行頭卸下來，悄悄跟我說，我看見你阿爺了。

我擰著身體，踮起腳，看散去的人群。這時候響起了小孩子的哭聲。天有些暗下去了。

晚上和夥計們吃圍菜，又喝了許多的酒。喝到了醉醺醺，阿武說，丟，大頭那邊，是要有心看我們的好看。他們去年從珠海橫琴進的蠔苗，到秋天死了一半。今年改從高欄進。上個月食環署來了人，一查，鎘鉛都超了標。

阿金憤憤地說，丟老母！誰叫他們貪便宜，怪不得找我們麻煩，是賊喊捉賊。

阿武說，現在他們嘴大，說我們跟外鄉人賺不義財。我們把蠔賣給外國人，怎麼就是不義財。本地人都去吃美國蠔。難道要我們學那些老人家，守著自己養的蠔臭掉。佑仔，你阿爺是頭一個，給他們鼓動壞了，見我們就罵。

我低下了頭。

阿金摔了只酒瓶在地上，搖搖晃晃地站起來，說，這幫衰仔，就是欠整治。

話未及落音，一隻手猛地打在他後腦殼上。

整治，你要整治誰，整治了他們你就有生意做了？利先叔鐵青著臉，不知什麼時候進來的。

我們默不作聲，看著地上的碎玻璃片。誰也不敢看利先叔。阿金也低著頭，牙齒縫裡卻迸出話，憑什麼要受這份窩囊氣，拚回去，大不了一個死。

利先叔沒再說話，半晌，手搭在了阿金的肩膀上：後生仔，死說說容易。這世上，多少人活都沒活夠。叔我見過的死人，比你們見過的活人還多。

阿金也沒話了。

關於利先叔，有許多傳聞。可都不完整，所有人的印象，似乎都是東拼西湊來的。不知哪一天，他就出現在我們村裡。無家口，是一個人。說話帶客家腔。對這外姓人，村裡人始終不待見。他倒是不夾生，見人說話。陸續又知道，他是流浮山過來的。從他阿爺，家裡就養蠔。家裡有一畝的蠔排。那地方風水好，天水圍西邊，後海灣畔。因為臨近珠江口，有淡水流入，養出的蠔，鮮嫩汁厚。

他說這村裡本來風水停靜。可就有天晚上，他照舊睡在水寮裡。水寮四面透風。寮底下浪趕浪，將暑熱氣都趕了個乾淨。涼快。那天，他正睡得迷糊，就聽見了寮底有碰撞的聲音。他以為是浪趕來的海貨與雜物，沒當一回事。可聲音不斷，「吭吭」直響，他就從地板的縫隙往下看。這一看，卻碰上了另一雙眼睛。也直勾勾地看他。他自然嚇得一身冷汗。再一看，那眼睛一動不動地瞪著。是張青灰的臉。他一個激靈，叫醒了阿爸。父子兩個，蹚著水下到海裡去，乘著月光終於看見，水裡躺著的，是個死人。

他爸先遮了他的眼。但他還是看清楚，是個淹死的女人，渾身赤條條。利先叔說，那是他第一次看見女人的身體。已經泡得脹鼓鼓的，一對大奶，卻攤得像兩個麵餅。阿爸讓他先回寮上去，可又把他喊下來。他下來才見，原來寮底下還有兩個人，卻是趴在水裡，也是一絲不掛。是男的。

他至今不明白。後來他見過很多淹死的人，男的都是臉朝下，女的都是臉朝上的。

他知道他阿爸要他搭把手，父子兩個，將屍體拉上了沙灘。他竟然也沒有很害怕。

阿爸說，是偷渡的。

這時候月亮更亮了些。他便看見，幾具青紫的屍身上，是累累的傷痕。阿爸說，可憐。退潮了，他們游不過來，困在了蠔田裡，給蠔殼刮成了這樣。

阿爸伸出手，將那女的眼闔上。但闔上，卻又彈開。仍是直愣愣的一雙眼。阿爸便說，我應承你。幫你料理後事，不要日曬雨淋。

那眼，再闔，居然就閉緊了。

父子兩個，就把屍體給埋了。沒有報警。

七二年，大陸還在鬧文革，鬧得許多人都活不下去了。利先叔說，那時候，廣東人家，都將「督卒」看作唯一的出路。所謂「督卒」，就是從水路偷渡香港。就像是捉棋，是有去無回的。一個家裡有一個「較腳」成事的人，就算是幸事。

利先叔說，那是他第一次看見偷渡客。原本流浮山並不是偷渡落腳的地點，只是因為沙頭角、梧桐山的陸路、網區，看管得比以往森嚴了很多。探照燈、崗哨、警犬，都是要人命的。所以，偷渡客才開始從後海灣鋌而走險。其實也的確是險著。東西線的水路，風大浪大，也是九死一生。

往後的日子，利先叔便看了太多的死人。淹死的，給沙魚吃到缺手斷腳的。看多了，心也就木了。

有次，他看到海灘上躺了一個人，一動不動。他大著膽子走過去，見那人躺得直挺挺的，耳朵上架了副眼鏡。他就想起，村裡教書的先生也有一副。先生是讓人尊敬的人，連帶他的眼鏡，也讓孩子們羨慕。他就小心從那人臉上取下來，才看清是個很清秀的年輕人。

他在心裡可惜了一下，就回了家。阿爸見他架著副眼鏡，問起來。他照實說了。阿爸就一個耳光扇過來，說，攞死人的東西，是最不義。

就帶著他，到了海邊。那人的屍身還在。阿爸嘆口氣，將眼鏡架到他耳上。卻聽見一陣響。屍身顫動了一下，接著是猛烈地咳嗽，吐出一口水，醒轉過來。是個活生生的青年人。

青年人慌張了一下。阿爸說，別出聲，跟我走。就默不作聲帶著回了家。換了乾淨衣服，爽淨的一個人。利先叔說，那人說的是廣州的官話，很好聽。說自己是知青，下放了這麼多年，也回不了城。心也絕了，才想游水過來。阿爸問他老家有人嗎？他苦笑下，搖搖頭，說爸媽手牽手跳了樓。再問起香港的人，又搖搖頭。阿爸說，後生仔，眼下要靠自己了。

天發白的時候，阿爸背著阿媽，塞給青年人一個菸盒。裡頭有些錢，還有一張路線圖。菸盒上寫著一個地址。阿爸少年時的老友記，在灣仔開絲廠。

那青年人離開，遠遠在山腳下，對阿爸跪下來，磕了一個頭。

我們問過這年輕人的下落。利先叔笑一笑，說，算是不錯了。我們問起怎麼不錯。他停一停，說了一個名字。我們都吃了一驚。這個長年在報紙上出現的老富豪，戴著眼鏡，不苟言笑。很難和利先叔口中的年輕人聯絡起來。

阿金很興奮，問他來探過你們未？利先說，第二年，我阿爸就肺炎過身了。也沒見過他了。

他興許來過吧。整條村動遷，他也找不到我們了。

對於利先叔為什麼隻身一個，從流浮山來到雲澳，還是沒人知道。只知道原先他在恆安伯的漁場幫手。後來買下了一個養殖場，種蠔。利先叔是村裡第一個引進「筏式吊養」的洋法子養蠔的人。以往村裡的人，除了圈海採野蠔。了不起了，就是「插竹」放蠔排，已經算是頂頂先進了。那天利先叔買的設備運過來，多少人都去看。看的時候興高采烈，看後卻都罵。說什麼機械化，就是給蠔仔坐監，將蠔當雞餵。這樣養出的蠔仔，不知味道多寡淡。老輩人乾脆說，這個外鄉人，是成心要破壞雲澳的風水，真是沒陰功。

可是，到了冬至，收蠔的人來了，利先叔又出了風頭。他養出的蠔量大，又肥又鮮。粉少，蠔品又是上乘。「本土派」們辛苦一年出的貨，倒是少人理會，時時拍烏蠅。罵利先的人便更多起來。我阿爺就是一個，說這個人忘本，總歸不得長久。可我問他怎麼忘本，他又說不出，就是念叨我們張家，是張保仔的後代。若不是祖先給清廷招了安，現在還縱橫海上，懲惡濟民呢。這一段，我都聽出了繭子來。也不知道老祖宗和利先叔，怎麼就水見到火了。

又過了些時候，就傳來了風聲。說利先叔擴大了蠔場的規模，以往請的工人不夠了。問村上的年輕人要不要跟他一起幹。這一年，武哥、阿金和我，都上到了中五。我們不是青文哥，沒有他的好腦筋。讀書不說是受罪，也是嘥時間。我們三個一合計，覺得這外鄉人沒坑我們。中環在鬧金融風暴，大學生都找不到工。這麼高的工資，誰要跟錢過不去。我們就擊掌為誓，到他那邊去上工。家裡人，能瞞幾天是幾天。

可是哪裡瞞得住。阿爺三天後就知道了，執了一柄刀，在蠔場截住了我。

利先叔以為他要動粗，就擋在前面，說，阿伯，有話好好說，到底是自家孩子。

阿爺闔一下眼，不望他，說，我同我孫子講嘢，外人企開。

阿爺扔了一條大眼鯛在我跟前，佑仔，我給你一個字[8]，你把這條魚給我殺乾淨。你收拾俐落了，由得你跟這外鄉人幹什麼。

九寸刀也掉在我面前，哐噹一聲響。

我撿起刀，心裡慌慌的。說起來，吃了快二十年的魚，這殺魚刀，沒碰過幾次。有阿爺在，何曾輪到我動手。

我讓自己靜下來，腦子裡過一遍阿爺的手勢。心一橫，就下了刀去。去鱗，劈肚，放血，清鰓。依次下來，竟也有模有樣。眼看一條魚在我手裡漸漸乾淨了。我心裡裝著一個字，到最後有些走神。採魚膽的時候，手一抖，割破了。綠色的膽汁濺出來，濺到我臉上。有一滴滲進嘴角，苦得很。

我不敢抬頭。

阿爺說，殺條魚，你看到的是「一個字」。心裡要裝著「一句鐘」[9]。

阿爺站著不動，等我跟他走。我起身，停一停，卻匿到利先叔身後去了。

利先叔張一張嘴。阿爺手一抬，止住他。彎腰撿起刀，轉身就走了。

我看著他越走越遠。在落下的太陽裡頭，阿爺的身形有點佝僂了。

我知道，阿爺看我舞獅子了。可這會兒他在哪兒呢？

阿金拍了我下肩膀，我才回過神。他說，走，看夜戲去。利先叔捐了三台戲，要唱到

---

8. 粵方言，指五分鐘。
9. 粵方言，指一小時。

天亮呢。

戲棚裡很熱鬧。村裡的人，難得聚得這麼齊。台上是個很老的小生，正咿咿呀呀。這一齣《追魚之仙凡配》，是阿爺最愛看的。我這麼想著，禁不住東張西望。沒看到阿爺，倒看見了一張熟悉的臉，是秀屏。

看見她，我心裡動了一下。秀屏是我中學同學，同班，一直到中三。後來，她跟她爸媽搬到荃灣去了，再後來聽說考上了城大。要說我們村裡，出了文青這個狀元。那秀屏就是女秀才了。秀屏又好看了些。那時候，她就和村裡其他嘰嘰喳喳的細路女不一樣，像個大家姐。有次正上著課，我一錯眼看見她。在陽光裡頭，見到她臉上有一些很細很細的絨毛，是金色的。

不知道這些絨毛，還在不在呢？

阿金看我呆呆地望，就也望過去，噗哧一聲笑了，說，看老相好呢。說完拿腔捏調地唱：翩躚裙前蝶，同窗訪粧前，今朝踐舊約……我嘆口氣，想想《樓台會》裡的梁山伯，命是不好，但遇到祝英台，運倒是不差的。

哎，阿金的聲音突然變得很詭異，他湊到我耳邊，說，你看她的屁股，比以前大了這麼多，不知給多少九龍仔弄過了。

夠了。我壓低嗓門，還是吼了出來。

這一聲驚擾了四周的人。秀屏也回過頭來，眼光碰了我一下，就又轉過去。她好像已經不認識我了。阿金對著她的方向做了個鬼臉。圍在她身邊的，是些村裡的女仔，立即很厭惡地也偏過頭去。有一個還扭動了一下。

阿金憤憤起來，說，丟老母。這群雞貨這會兒也變成了貞潔烈女，扮嘢啊。金爺我還看不上她們呢。

我低著頭，腦袋裡一陣空。阿金還在耳邊絮叨：打炮都懶得理這一群，大口村那邊的女人，花點錢，個個風騷過她們喇。見我不出聲，阿金用胳膊肘搗我一下，佑仔，你還是隻童子雞吧，丟死人。改天哥哥帶你去開眼界。

我奮力撥開人群，擠了出去。

回到家，房裡傳出輕微的鼾聲。阿爺已經睡著了。

我沖了涼，走出門，坐下來。

今天的月亮很好。阿爺曬在外面的鹹魚，排得整整齊齊，閃著粼粼的銀光。海上還有漁火。遠處聽得見戲台上的鑼鼓聲，卻蓋不住再遠些，嘩啦嘩啦一道一道慢慢地響。那是退潮的聲音。

雲澳的聲音。

第二天，我幫利先叔放蠔排。悶不吭聲地做了半日，利先叔拍拍我的肩，說，歇一歇。

我們坐在船頭。他點上一支菸，又遞給我一根。

佑仔。利先叔說，你阿爺還在恨我吧？

我笑一笑，搖搖頭。

你阿爺恨我，你可不能恨阿爺。他說。

太陽偏西了。我看到水裡有些暗影子浮上來，游來游去。是沙蟲。

利先叔使勁抽了一口煙，把菸頭掐滅了，然後對我說，老人家有老人家的對。

這時候，我看到遠遠地有輛車，在碼頭停下來。

車上走下來一些人，男男女女，都是城裡的打扮。這些人在前面走，車在後面緩緩地跟著。

他們在我們蠔場停下來。一個戴漁夫帽的矮胖男人和身邊的大個子耳語了一下。那大個兒就走過來，問我們村公所怎麼走。

正當我們指指劃劃時，車門打開了，又下來一個人。是個女人。她將自己裹得很嚴實，戴著頭巾，臉上架著一副大大的太陽鏡，好像怕曬得很。矮胖男人對她招招手。她走過去。矮胖突然伸出手，在她屁股上撫弄了一下。她將那手打掉。躲開了。矮胖大張著嘴，我幾乎聽見他放肆的笑聲。

女人四處張望了一下，也走過來。她在我面前站住，將太陽鏡抬起來。我看見，這其實是一張年輕的臉，化了很濃的妝，很美。似乎在哪裡見過，但又說不清楚。

她說，靚仔，你們這兒可真熱。

說完，她將太陽鏡又戴上了。嘴唇揚起來，是對我笑了一下。

他們的車，遠遠地開走了。

夜裡，我又夢見了那條魚。依然是滑膩膩的，還有些溫熱。圍著我，游動。從我的肘彎，和腿中間穿過。我伸出手去，卻抓不住。牠的碩大魚鱗，一張一合，我看到鱗片下粉色的血肉。我用手指碰了一下，很軟很黏。突然這魚鱗閉上了，把我的手指吸進去，然後是胳膊、頭，和整個身體。我的身體被這血肉緊緊裹住，越裹越緊，一動也動不了。在這時候，我看見了那魚的瞳仁裡，有一張臉，是白天那個女人。

一陣戰慄。

我醒過來，看一看自己。一些黏濁的東西在流動。我突然覺得鼻子一陣酸，不知道為什麼。

沖涼，看著天已經發了白。遠處有隻鳥，很難聽地叫了一聲。

正午的時候，利先叔給我們放了假。

我們答應了家裡，找天去澳北採野蠔。這也是我們雲澳人一年一度的樂趣吧。阿武、阿金和我到了海邊的時候。六仔和那群半大小子，已經在水裡忙活了。

我們三個，換了游泳褲下了水。見六仔他們一個個精赤條條。海邊的孩子，從小就沒什麼規矩禁忌。我們幾年前也這樣。家裡怕蠔殼將褲子刮爛了，為了不挨打，乾脆脫個乾淨。現在，人大了，到底不好意思。

六仔們的收穫已經不錯。有幾個上了岸，光著屁股，蹲在巖石上敲蠔殼。說是半大小子，其實也已經讀到了中二中三。生得成熟些的，腿間已經有了稀疏的毛。他們在岸上追追打打。阿武有些看不過眼，皺一皺眉，說，阿水，大個仔了，該要知醜了。阿金便跟著起鬨。光屁股溜溜，小心給蠔夾了雞巴。

我正想阿金真是不改嘴賤的本色。誰知阿水卻站定了，對我們一挺下身，前後聳動，擠眉弄眼地衝著我們喊，蠔我不要，我倒是中意讓鮑魚夾一夾。

水下水上，就哈哈哈笑成了一片。

突然間，我看見岸上的止住了笑。一陣風地，七手八腳，倉皇地躲到了巖石後頭。我正發著愣，聽見阿金在耳邊輕輕說，鮑魚來了。

就看見遠遠走過來了一群人。走在前面的是兩個女人。一個為另一個打著遮陽傘。被遮擋的人，穿著件寬大的襯衫。她用手搭起涼棚，朝我們的方向望一望，然後回頭對其他人說了句什麼。

我看見了一個矮胖的身形，知道正是昨天傍晚看到的那群人。他邊上的大個子扛著一架攝像機，臉上有些不耐煩的神色，催促後面的人。後頭的人抬著像是話筒的東西，但要大得多，裹著毛茸茸的套子，像是狐狸的尾巴。

他們在海灘上停下，忙活起來。

女人取下了太陽鏡。阿武「啊」了一聲，說，展羽鳳啊。我這才回憶起，怪不得昨天看得眼熟。這張臉，正是去年HTV的劇集《四大名捕》裡的，展昭的妹妹展羽鳳。當時看的時候，覺得挺彆扭。小時候就看《包公案》，從來不知道御貓展昭打哪冒出個妹妹。而且，還和張龍有了一段感情戲。不過這個女演員的古裝扮相真是美，讓人忘都忘不掉。想起來了，是個落選港姐，叫余宛盈。

余宛盈懶懶地左右伸動手臂，將襯衫脫了。一時間，我們都屏住了呼吸，原來她裡面只穿了豔紅的比基尼。身體十分的白，白過我們村上所有的女人。比基尼好像一團在雪上燃燒的火。

至少C Cup啊。阿金在胸前比劃了一下。同時衝著岸上吹了個響亮的口哨。

剛才撐傘的女人，就皺了一下眉頭，問矮胖男人，導演，使唔使清場？

余宛盈就咯咯笑起來，說，不用了，不就拍幾個鏡頭嗎。

導演就手一揮，聽阿盈的，讓這些後生仔開開眼。

知道是拍戲，大家都來了興味。剛才的光屁股小子，有些已悄悄潛回到水裡。沒來得及的，只有貓在巖石後頭看。

也不知道是要拍什麼。余宛盈倒是不緊不慢，拿出一管防曬霜，在身上塗。塗了臂膀，塗大腿、小腿。最後擠了些在胸口，輕輕地勻開。

我聽見阿金嚥了下口水。

這時候聽見導演吼起來，Remond跑到哪去了。不是又躲在車裡吸粉吧。阿Sam，去找他。整個組都在等他一個。

大個兒有些不情願，但還是轉身去找這個叫Remond的人。

過了大約五分鐘，才看見一個高大的男人，搖晃著走過來。男人的樣貌很好看。但表情實在是有些頹喪，好像沒睡醒，被人硬是從床上扯起來一樣。這給他的英俊減了很多分。

我們也認出他了。香港的娛樂雜誌，是個無孔不入的東西。我們這些偏遠的地方，也從來不會放過。這傢伙上過週刊的封面，在封面上也是一樣抑鬱的表情。往日他是HTV一個很紅的小生。後來聽說和澳門一個富商的三姨太勾搭上了。富商說要斬他，他就和那個女人跑到澳洲去，做了三個月的亡命鴛鴦。本港人就說，難得他們好像是有點真愛的。不過呢，後來這個姨太太卻背著他，向富商妥協了。還在電視台發表了聲明。他落得個人財兩空。再後來，八卦週刊又爆出姨太太懷孕了。老富商將有第一個子嗣。港人就很興奮，究竟六十多歲的富商有沒有能力搞出一個孩子，還是本來就有陰謀。這個倒楣蛋，很快就被爆出在家裡藏毒。聲譽雪上加霜，已經好久沒在HTV的劇集裡出現了。今天在這見到他，連我們都有些意外。

導演並不抬頭，甚至沒有正眼看他。只是淡淡地說，怎麼還沒換衫？

一個助理模樣的人，拎了包，帶他去巖石後頭換衣服。他再出來的時候，身上只有條泳褲。平心而論，他的身形還是很不錯的，應該經常去健身房吧。膚色竟然和我們一樣是黝黑的，看來十分健康。後來我才知道，想要這樣的膚色，有一種叫太陽燈的東西。城裡人照上個十幾分鐘，頂得上我們在蠔田裡辛苦上成個中午。

余宛盈將一個本子遞給他，說，阿 Ray，俾點心機。

男人道謝，接過本子，輕輕應一聲。

他們兩個面對面，說著話，比劃手勢。聲音太小，聽不見說什麼。我猜是在對台詞吧。

導演猛然站起來，從他手中抽出劇本，在他頭上狠狠打一記，說，收起你的哭喪臉，又未死老母。今次俾機會你，你唔好累其他人。

男人低下頭，從地上撿起劇本。

各方就位。

導演大喊一聲「開麥拉」。

Remond 牽著余宛盈的手，從遠處走過來，在海灘上坐下。沙子給太陽曬了一下午，應該還很燙。我看到余宛盈顫了一下。

Remond 執起余宛盈的手，放在腮邊，說，阿玲。

余宛盈順勢倒在他懷裡，說，阿軒，這樣和你在一起，真的很幸福。

Remond說，你信不信，我可以給你更多的幸福。

余宛盈立即坐起來，說，不要再說這樣的話了。我們不是挺好的。你不能放棄我姊姊，也不能放棄你阿爸一手創建的企業。

Remond沉默，突然狠狠地抱住她的肩膀說，為了你，為什麼不能？

阿金訕笑了一下，說，都廿一世紀了，還用這種「屎橋」。

接下來就是兩個人的爭執。很無趣。但就在這麼無趣的爭執裡，Remond扮的這個叫做「阿軒」的闊少，似乎不在狀態，不停地說錯台詞。導演漸漸在「Action」和「Cut」的不斷重複中，失去了耐心。

但我們都在這爭執中，看到了被Remond粗暴的動作擠壓，余宛盈的胸部鼓突變形，好像要從Bra彈出來。

我聽見身後的喘息聲。轉過身去，阿水正在水裡動作著，擰動眉頭，突然渾身一陣抖。待阿金看明白了，一腳朝他踹過去，死衰仔，打飛機啊。仆街喇，哥哥們還沒怎樣呢，就輪到你？

Remond再次說錯了台詞。余宛盈嘆了口氣，抬起手在耳邊扇了兩下。

導演很火了，對他們吼，還想不想收工？

旁邊的助理，將冰好的毛巾放在他額上，說，陳Sir，時間不早了。不如先把重頭戲拍了。太陽落山前，能補幾個鏡頭，就盡下人事。實在不行只好用藍幕做後期啦。

導演靜一靜，說，也好。要不是貪個靚景，這鬼地方我是不要來的。連個車都不通，走了半天才進來。

我們幾乎要散了，可聽到了重頭戲，想想就又留下來。

Remond仔，精神點。導演放大了聲量，這場你有著數。

男人回過頭，虛弱地對導演笑一笑。

重頭戲接上了剛才爭執的一幕。看起來是由冷戰開始的。兩個人不說話，余宛盈低著頭，用腳撥著沙子。

突然，男人轉過身，一下抱住了余宛盈。同時捉住她的嘴唇，深深地吻她。這一幕太快，我們有些目瞪口呆。

兩具身體纏在一起。摩擦，撫摸。雖然是做戲，但似乎兩個人都投入了進去。連四周圍的人，都斂聲屏氣。

這時候，夕陽的光打在他們身上。兩個人就成了金色的了。漂亮的身體，好像快要熔化在了一起。

男人忽然一抬胯，壓住了女人。然後伸出手，探進了她的紅色Bra。女人掙扎著，喘息中也抽出了胳膊，揚手給了他一記耳光。

男人被打懵了，摸摸自己的臉，愣愣地看她。

Cut！導演使勁搖搖頭。

阿盈，沒吃中飯嗎？這一下是給他撓癢癢？記住，這時候的你，百感交集。你發現你深愛你的男人，到頭來不過是貪戀你的肉體。OK，找找這種感覺。你是一朵高貴的櫻花，一腳被人踩到了爛泥裡。

我，不會演櫻花。余宛盈懶懶地應他，同時用手搔了搔頭髮。

那，潑婦你總會演吧。導演激動地揚一下手，喊起來：打過去，大力點！

兩具身體又開始糾纏。一隻手伸進了紅色Bra。

啪！

這一下打得實在很用力。我們都聽得一清二楚。

男人身體晃蕩了一下。但沒有摸臉的動作。我們都看到，他晃了一下，趴倒在了余宛盈的身上。

余宛盈推了推他，忽然驚叫。

這個叫Remond的男人，竟然在這個關鍵時候，昏過去了。因為中暑。

大個兒和助理將他抬到了蔭涼地，敷冰袋，使勁掐他人中。但他還是沒有醒過來。

導演憤憤地又站起來，諸事不順。快點兒，給這個衰仔Call白車[10]啦。

太陽一點一點西沉下去。助理也有點緊張了，她問導演，還拍不拍。

導演一邊揉太陽穴，一邊狠狠吐了口痰在腳底下，喊道，拍？人都仆咗街（倒地）了，仲拍乜鬼（還拍什麼拍）？

拍，為什麼不拍。余宛盈整一整已經移了位的比基尼，站了起來。

她說，大不了找個人頂一下。

導演還在氣頭上，聽她這麼說，更有些惱火：這些男人，個個都想同你拍。可是有一個生得似樣的嗎？你倒是挑一個出來。

余宛盈環顧一下，眼光突然停住，落在我身上。

找這個細路哥頂一下。她說，他身形樣貌都和阿Ray好似。

我吃了一驚，僵在原地。腳底下的沙子，突然間變得滾燙。夥伴們也吃了驚，看看我，又看看余宛盈。

導演擰一下眉頭，上下打量我，然後說，是有幾分似。不過我們可是拍的限制級鏡頭。後生仔，你滿十八歲了哦？

10. 港俚，指救護車。

我呆在一邊。

余宛盈走到我跟前，眼角向上挑一下，說，導演問你話呢，細路，你滿十八歲了？

我在慌亂中點了點頭。她的臉貼得很近，我感到了她說話時的氣息。有些甜膩。

導演還在猶豫。

天色又暗了些。助理走過來，跟導演說阿 Ray 看來今天是醒不翻了。這孩子行為能自主了，他要是沒意見，就拍個借位。

導演說，盈女，等會兒重拍摸你的鏡頭，怕不怕蝕底？

余宛盈淺淺一笑，拍啦。為藝術獻身，好抵得。再說裡面有胸貼。

導演臉色也舒展開了，豎起大拇指，豪氣，好敬業。我沒有疼錯你。來年金像獎是你的。

他們給的泳褲很緊，穿得不舒服。我有些害羞，不自覺地抱起膀子。助理帶了個女人型的男人過來。打開一只箱子，裡面花花綠綠一片。他拿起一把刷子，在我胸前撲粉。粉的氣味怪異，我鼻子一癢，狠狠打了個噴嚏。我問，你幹什麼。

他不理會我，繼續撲粉，說，別動，化妝，造陰影，讓你看上去更 Man 更大隻。

導演過來，看看我，點點頭。然後俯在我耳邊，說，後生仔，有沒搞過女人？

我一驚，耳根不由自主地發起熱來。

他拍拍我的肩膀，詭笑，不怕，Ray哥是情場老手，你就有樣學樣啦。

余宛盈就在我面前，這麼近。

我身後是攝影機。導演說，開麥拉。

我一動不動，背上滲出細密的汗，一點一點地，匯集，流下來。

余宛盈的唇是血紅色，輕輕張開。我聽見她說，抱住我。

我伸出胳膊，手在空中停住了。

一隻手牽過我的手，慢慢地，落在她的腰上。那是一塊滑膩的皮膚。我的手指顫抖了一下。恍惚中，想起了夢中那條魚。

用力。她說。

我終於抱住了這個女人，這樣柔軟。我周身的肌肉連同身體的一部分膨脹、堅硬起來。我感到自己胸口有些憋悶。

這個女人扭動身體，魚一樣，在我懷裡掙扎一下。但其實把我纏得更緊。

她的唇摩擦著我的耳垂，輕輕地。她說，探進來。

我猶豫了一下。她說，別怕。

我的手慢慢伸進了她的Bra。

「啪！」臉一陣火燒。我知道，結束了。

我捂住臉，鏡頭定格。

導演哈哈大笑。

好小子，一次過。沒估到這麼入戲。拍鹹片的好材料啊，哈哈。

余宛盈站起來，掃我一眼，眼光有些冷。她說，可算是收工了。

我坐在沙地上，看著她的背影。沙子還很燙。太陽的光已經暗了，她的 Bra 變成紫紅色了。

我穿好衣服。那個女助理走過來，遞給我一只信封。沒說話，對我笑一笑。

他們走遠了。間中傳來導演罵罵咧咧的聲音，也漸漸聽不見了。

發什麼呆。我轉過頭，看見阿金不懷好意的臉。趁我不注意，他從我手裡抽過信封。打開一抖，一張棕黃色的紙掉了出來。

阿金愣了一下，說，好抵。一巴掌五百塊。

夜裡，我以為我會作夢。因為我想，我應該要夢見那條魚。

但是我沒有，我沒有睡著。

我從來都想，「失眠」這個詞，只屬於那些精細的城裡人。他們總有千奇百怪的原因，讓自己睡不著。

這一天夜裡，也分外安靜。連海浪的聲音，都沒有。村裡的人，都睡著了。雲澳睡著了。

我是在一陣手機鈴聲中醒來的。

是阿武的電話。阿武的聲音有些小心翼翼。他說，是你阿爺要你過來。

我趕到龍婆家的時候，屋裡已經來了不少人。

難得村裡的老少集在一起，在這樣小的屋子裡。我看到阿爺，默不作聲地站在屋角。臉有些發木，頭上卻閃著時隱時現的光斑。龍婆的屋子太老舊，修修補補了幾十年。陰天漏雨，晴天漏陽光。

我擠進屋子裡，到了阿爺跟前，喚他一聲，他也沒睬我。這屋裡的空氣不太好。很重的濕霉氣，還混著中藥和不新鮮的蝦乾味道。一股一股地衝鼻子。

人們都沒有說話，屋裡只有一個聲音，是龍婆在哭。

龍婆在哭，窩在她的酸枝椅上，佝僂著身體，人更顯得瘦小。這時候，有人嘆了口氣，是村公所的永和叔。這一聲，引得龍婆的哭聲突然大了音量。

永和，我是看著你長大的。你應承過我，村公所要給我送終的。龍婆抬起臉，眼睛卻看著一個不知道的方向：他們要拆我的房。要我無遮頭瓦，死了變作孤魂野鬼，去到海上餵魚。

永和叔垂著頭，忽然開聲，卻爆了一句粗口，說這條村，我們上下住了幾百年。要我們搬，前代人的祖墳要不要一起掘走。唔通要老小都斷了根。我看政府也不見得站在他們一邊。人都講個道理，阿婆，去年生果金的事，不是算傾妥帖了。

龍婆止住了哭，茫然地看我們一眼，眼神突然利了。她滿臉的皺紋糾結起來，憤憤地說，我知道，他們是欺負我孤寡……

永和叔連忙勸她，誰說非要開枝散葉才算是有兒女，我們村的孩子，阿武、佑仔、大頭，個個都是你的孫。

阿爺一把將我推到龍婆跟前，說，龍秀，你男人和我是本家兄弟。有人敢動你，張家的子弟，若是不拚出命來護你，就莫要怪我不讓進家門。這幾年，村上給外姓人唱衰了風水，帶壞了子弟。我們怕是將來棺材地都留不住了。

龍婆擤了把鼻涕，狠狠甩到地上。她支著身體，顫巍巍地從椅子上站了起來，用拐杖一頓地，說，我不要什麼棺材，誰要拆我的屋，我就一把燒了乾淨。這屋子就是我的棺材。

激憤中，永和叔一面跟著罵，一面溫言軟語平息眾怒。阿金扯了我一下，使了個眼色，我趁著鬧騰就跟他出去了。

我們都看見，利先叔站在不遠處。太陽正烈，他的臉被曬得發紅。看見我們，他將手裡的菸擲在地上，用腳碾了碾，轉身走了。

阿金說，看來遲早要幹一仗。上個月來了幾個人，在村裡東睥西望，帶了儀器來，量了大半日，我就知道事情不好了。

屋子傳來些嘈雜的聲音。額頭流下汗來，慢慢滲到眼睛裡，一陣辣。我擦一把，自言自語：究竟搞乜水？

聽說是要在這弄個水上度假村，圖紙都弄出來了。澳北那，阿金瞇了瞇眼，好像在看海市蜃樓，以後就是個五星級酒店。

那蠔場怎麼辦？我脫口而出。

蠔場？阿金搔搔腦袋，也沒言語了。

過了半晌，他說，漫說是蠔場，大概整條村都快要沒了。大吉利是，統統搬到元朗的居屋去，到時候買賣，還得自己補地價。

那也不是他們說的算的。我不自覺引用起永和叔的話。

阿金冷笑了一聲，說，誰說的算，錢說的算。龍婆現在是哭天搶地，開給她的補償金一百萬，往後看加到了兩百萬她還哭不哭。

我回頭看看那黑黢黢的屋瓦，上面爬滿了蔦蘿和金銀花。還有一顆朽到發了黑的南瓜，是去年結的吧。我嘆口氣，說，龍婆的房子是祖宅，她男人留下的念想，到底捨不得。

念想？阿金念了念這兩個字，說，要說念想，成條村都是念想。龍婆兩間屋，按政府的話，有一間還是僭建物。倒是值了一百萬，為什麼，還不是因為孤零零地建在了村口。要開發一期，就得先搞掂她，由得她坐地起價。

我有些吃驚地看了看阿金，我們整天混在一起，他怎麼知道得這麼多。

我突然有些煩躁，也不知為什麼。我脫了背心，在身上胡亂擦了擦，對阿金說，我去沖個涼。

我來到了澳北。

火燒雲又泛起來了，漫天都是，血一樣。

海灘上坐著一個人。我猶豫了一下，還是走過去了。

余宛盈抬起頭，看我一眼，拍了拍身邊，讓我坐下。

快走了，再來看看，往後也看不到了。她抱著膝，看著海的方向，不知道是在對誰說。

我坐下來，輕輕說，我也來看看，是快看不到了。

她轉過頭定定地看我。我掬起一捧沙子，沙子從手指縫中間流下去。

她鄭重地對我伸出右手，說，我叫余宛盈。

我笑了。余宛盈不是昨天的余宛盈。她穿著寬落落的布襯衫，頭上紮起了一個馬尾。爽利利的，像去年來村裡寫生的大學生。

我說，我知道你。我看過你演的展羽鳳。
她也笑了，問，我演得好麼？
我點點頭，說好。
她說，我也覺得好。那是我唯一沒靠男人得來的角色。
我一時語塞。她倒輕鬆鬆地撩一下頭髮，問我，你叫什麼？
我說，阿佑，張天佑。
張天佑。她重複了一遍，說，有點土氣。
我低下頭，說，是上蒼庇佑的「佑」，阿爺說，我無爹無娘，只有依天靠地。
上帝保佑的「佑」。余宛盈從胸口掏出一個銀亮的十字架，說，挺好的名字。

我們沒再說話，就這麼坐著。
火燒雲越來越濃了，紅的變成紫的，紫得發烏，漸漸變成豬肝色，不好看了。
我聽到了抽泣的聲音。
我轉過臉，看見余宛盈眼睛愣愣的，只管讓眼淚流下來。
借我個肩膀。她說。
什麼？
借個肩膀，讓我靠一下。她沒有抬起頭，好像在對著海說話。
我朝著她身邊挪了一下。

她把頭靠上來。過了一會兒，突然笑了。我嚇了一跳。

她說，你，還沒長成呢，都是些骨頭。男人的肩膀，應該是又厚又實在，才讓女人覺得可靠。

我知道，我就是個替身。我也笑了，一張口冒出這句話。

她沉默了。頭從我肩膀上慢慢抬起來。

我，我是說昨天的事。我想解釋一下，但說出來，才覺得自己的蠢。

她將腳插進沙子裡，揉搓了幾下，輕輕問，想拍戲麼？

我還沒回過神，她的腳很好看，像一對白飯魚。

我是說，不做替身，演你自己。她看著我的眼睛，灼灼地。

我躲過她的目光，自嘲地笑一下：我能演什麼？吃喝拉撒睡，是人都會。

有別人不會的麼？她問。

我想一想，說，殺魚。

隔天的中午，大頭跑到蠔場來了。

我們都有些意外。阿武上下打量他，說，頭哥，稀客啊。

大頭氣喘吁吁，說，你以為我想來？龍婆，他們要拆龍婆的房了。

我停下手裡的活，說，你說誰，誰要拆？

房地產公司找了一幫狠角色來，在往外扔龍婆的東西。我們幾個人手不夠對付，分頭去拉人，快，要去的話帶上傢伙。

阿武拈起把蠔刀，在布上一擦，說，丟老母，當我們雲澳人是雞仔。阿佑，走。

我看一眼阿金。他低著頭，好像什麼也沒聽見。大頭說，金哥，我們的恩怨，回頭算。這可是成條村的事情。

阿金沉下臉，你現在知道說成條村了，帶馬仔斬我那陣兒怎麼不說。一個釘子戶，不值得老子去搏命。他使了一下勁，手中的蠔殼裂開了，「啪」地一聲脆響。

阿武瞪他一眼，推我一把說，走。

村口的曬家寮被風吹了又吹，陣陣海味傳過來。天悶氣得很，蜻蜓貼著海皮飛來飛去。

恆安伯弓著身，正忙著用塑膠布遮蓋他曬在場上的海蜇和魷魚乾。看見我們，遙遙地喊，後生仔，要到哪裡去？

我們沒有睬他。我們望見龍婆家門口，果然聚了不少人。龍婆的酸枝椅，倒在了地上，一條腿已經折了。

有人正往外搬東西，有人站在屋頂上，將黑黢黢的屋瓦掀了下來。龍婆倚著牆，呆呆站在一邊。看到一個胳膊上紋龍的男人，抬了她陳年的蝦醬罈子出來，她突然衝了過去，同他爭搶。男人任憑她撕扯，未鬆手。我們看到龍婆抓住他的手臂，狠狠咬下去。

男人一撒手，罈子掉在地上，一聲悶響。黏膩的蝦醬慢慢流出來，泛著紫紅色的泡沫。龍婆跪在地上，捧起蝦醬，一把一把地裝到了破罈子裡。

男人捂著胳膊，腳踢過去，這回罈子完全碎了。

阿武一捏拳頭，說，丟，還愣著幹什麼。他跑過去，一拳揍到男人的鼻子上。男人趔趄了一下。我們看到有血從他鼻子裡淌下來，好像一條紅蚯蚓。男人吼一聲，衝向阿武，拳腳相加。

大頭抱住一個胖子，對我大聲喊說，佑仔，上房。我飛快地爬到屋頂上，把房上正掀瓦的小個子扯下來，摁在牆根裡，大力地將拳頭擂下去。

一場混戰。詛咒的聲音，哭喊聲，傢伙撞擊的聲音混成了一片。我眼前漸漸有些模糊，可是還聽得見，也聞得見。

好大的腥鹹味，是蝦醬的味道，還是血味，從嘴角滲了進去。我使勁吐了口唾沫，帶出一顆沾滿血的牙。

我不顧一切地，投入了這場戰鬥。我不知道為什麼，我只是覺得心裡發堵。鑽心地疼，我知道肩膀上被人斬了刀。陣陣溫熱。我流了淚，突然覺得十分痛快。

別打了。我聽到阿武的聲音。我轉過頭，看見阿武表情扭曲的臉。我順著他的眼光望過去。看見龍婆，正舉著一只塑膠桶，往自己身上潑水。龍婆一邊潑水，一邊唱。我聽出來，唱的是《百里奚會妻》。百里奚，五羊皮。昔之日，君行而我啼……龍婆啞著嗓子，唱得又哭又笑。

這時候，我才聞見一陣刺鼻的氣味。心裡一驚，龍婆潑的不是水，是汽油。

龍婆從圍裙裡掏出一盒火柴。

紋身男這時候也慌了，他腦袋還被阿武夾在肘彎裡，歪著脖子喊，婆婆，你唔好將件事搞大佐。我們也是混口飯吃，不想出人命。

龍婆打開火柴盒，取出一根，說，我當著你們的面死，我死鬼男人也看得見。

紋身男一邊掙扎，一邊嚷，你要索命，冤有頭，債有主。給你開價的是林耀慶，要不是他，誰稀罕你這兩間破屋。

天突然暗了下來，變了薑黃的顏色。「轟」地響過一個炸雷。

龍婆手裡的火柴掉到了地上。

我肩膀一顫，懈了勁。

被我按到在地上的人一個翻身。我的後腦勺發出沉悶的聲音，眼前黑了。我抬一抬胳膊，什麼也沒抓住。

我睜開眼睛，看到的人，是阿爺。

阿爺在笑。

我老張家的後代，有種。阿爺扭過頭，對診所的護士說。

護士打開窗子，海風吹進來了，腥鹹腥鹹的。

阿爺。我說，我想學殺魚。

七月尾的時候，永和叔帶了阿武我們幾個去了中環。我們等在一個形狀像是海螺的大廈門口。我們頭上纏著白布條，牽了橫幅，上面用紅油漆寫了「無良地產開發商，政府大石壓死蟹」。

我們站了一下午，來來往往的，沒有人睬我們。有人偶爾瞥我們一眼，我們趕緊舉起拳頭，喊出一句口號。那人木著臉，低下頭，又走開了。

九月頭的時候，傳來了消息，說漢原集團取消了開發雲澳的計畫。村裡老輩人說，精誠所至，金石為開。有錢人也是人。

我不知道。但那天，我們並沒有等到那個老富豪。

十二月的時候，余宛盈的新片子上映了。聖誕檔。

阿武、阿金、大頭，要我請客去看。因為裡頭有我和余宛盈的激情戲碼。

但他們都很失望。因為那段戲給刪掉了。

在男女主角吃大排檔的鏡頭裡，我看到不遠處有一個背影。他抬起刀，三兩下，利落落地把一條大頭鮪收拾了。
胳膊上一道紅，是魚的血濺出來。
那是我。

街童

我躺在水泥管道裡，身體下面積聚著黏膩的液體。黑暗潮濕，呼吸不暢。鐵鏽的腥氣漫溢。像是躺在一具身體裡。沒出生的孩子，在母親的身體裡。

一

我是卡馬牛仔專賣的店員，我叫布德。我的店在羅素街。

卡馬。我看守著這些牛仔褲，像看守著一些孩子。

每一個買牛仔褲的人，有著不同的高度、腰圍，和性格。我給他們推薦與他們合適的牛仔褲。如果你的腿細且長又中規中矩，推薦你試試 Z62，如果你喜歡鬆鬆垮垮要點個性，推薦你 Beach35，如果你要趕潮流，推薦你試試 L37。

這是我的職業習慣。這些牛仔褲，是些孩子，買牛仔褲的人，好像它們的養父母。我很少推薦 Lola77，這是我的失職。我知道我懷著私心，我不放心把 Lola77 託付給任何人。

誰會合適 77 呢，除了 Lawrence Kane 和 Mora Cine，誰會合適 77。

77 只屬於那個時代。那個時代一去不返。粗礪放曠的時代。在我出生前的十年，懶散和憤怒的男女孩子，穿著 77 混世界。

我的客人們，精確地挑選一條牛仔褲，貼合他們的體型與心意。

我滿足他們的要求。我推薦給他們各種型號，這些型號沒有生命。它們也是一些等待領養的孩子，它們都是死孩子，生出來就死了。

77 還活著，活的壽數足夠長。

我撫摸它們，手會有灼燒感。生命的纖維，血管底下暗流湧動。

那個女孩子對我說，唔該，給我拿一條 77，腰二十六，長三十。煙灰色。

我扭過頭，她大聲地重新說了。

她實際是很禮貌的，請給我拿條 77。

我很慢地拿了給她。

煙灰色的 77，亞太區限量，我們店裡有六條。

我在貨倉裡捧著這條 77，貼了貼我的臉。

每一次把 77 拿給客人，都好像一次冒險。我撫摸著那四粒銅扣，口袋上圓潤的車線。然後懷著孤注一擲的心情把它拿給客人，焦灼地在試衣間門口等待。客人們出來，大部分搖搖頭，好像不怎麼適合我，試試其他的型號吧。

我長長舒了口氣，是啊，有幾個人會適合 77 呢？

我在門口等待。

她出來，用很乾脆的聲音說，很好，我就要這條。

我心裡一驚，茫然地看她。

她還在鏡前左顧右盼。

我冷著眼看她，看著看著。突然感到欣慰，這條 77 的運氣很好，或許。

這條 77 的運氣很好。

這女孩兒有一雙很好的腿，無可挑剔。77 是腿形的放大器，好的腿型錦上添花，壞的雪上加霜。大腿與小腿的比例失之毫釐，謬以千里。

圓滿的臀。

她蹬上靴子。天衣無縫，Blank K 的麂皮靴子。好像，像一頭躍躍欲試的小鹿。

女孩滿意地點一下頭，對我笑了，說，包起來。

付帳的時候，她用的是帶了「銀聯」標誌的借記卡。我想，她也許是個觀光客。

這些年，有太多內地來的觀光客。他們出手闊綽，一條 77，算什麼呢。新到港的愛馬仕包可以買上十個。

整個過程非常俐落。她匆匆地走掉了，消失在了時代廣場的人群裡頭。

我是在半個小時之後，發現了她遺落的皮夾。裡面有一些零碎的港幣，和一張照片。照片上是她，沒錯的。卻又有些不像，化了很濃的妝。嘴上在笑，眼睛裡有些不耐煩。一條很細的項鏈從皮夾裡掉出來。我撿起來，看見上面有個精巧的十字架，在夕陽裡頭閃著星星點點的光。

還有一張紙條，上面是一個電話號碼。我照著打過去，關機了。我留了言，留下了我的電話。

二

到阿嫲家的時候，已經是黃昏了。

照樣要去拜祠堂。祠堂裡黑乎乎的。我們家的祖先多，拜的時間很久。阿嫲坐在旁邊，看著我磕頭。

以前都是哥哥先磕頭。我看著那些牌位，上面都是煙薰火燎的痕跡。小孩子的時候，進祠堂總有些怕。兩邊的儀門太高，上面鐫著「入孝」、「出悌」。字體粗黑的，不親近。神主龕前的香爐，也大得誇張，味道讓人有些發暈。

我阿爺是族長，我們家的規矩就格外嚴。聽老輩人講，說是以前在廣東的時候，派有派祠，堂有堂祠，房有房祠，支有支祠，加上朝廷賜建的專祠和旌表修建的節孝祠堂，祠堂多到幾十個。後來不知哪一輩到了這個島上來，還是想著光宗耀祖。祠堂門口的聚星池就是阿爺找人建的。據說是為了風水，人丁興旺，多出孝子賢孫。不過他現在，就我一炷香火了。不知道風水是不是沒找對。哦，那年祠堂著火，聚星池倒排上了用場，才沒有被燒掉。

阿嫲突然頓一頓手中的拐棍，死靚仔，都不知你諗啲乜（也不知你在想些什麼）。

我趕緊又規規矩矩地磕了幾個頭。

抬起臉，神案上擺著大紅燭，沒有火焰，已經變成了紅顏色的電燈膽。

跟阿嫲回家，一路上都在聽她罵人。說島東的地挖得不成樣子，被政府徵收了，要種什麼「有機菜」。阿嫲顯然不懂這個新名詞，說，也沒見那地裡有幾隻雞。就說「有雞」，就只懂騙我們這些鄉下人。

又說，這島上的外國人越來越多。自己人都跑到外面去了，成個什麼話。

她就這樣一路絮叨著。我低著頭，沒話說。

路過北帝廟，看見門口的空地上，有幾個小孩兒在玩。見我們走近了，一哄而散。

我看他們跑遠了，眼前出現了一張臉。但已經不清楚了，我快不記得他長什麼樣了。

哥哥的臉。

阿嫲推開祖屋的大門，一股涼氣撲過來。裡頭終日不見光，還是黑黢黢的。這房子政府也想收，建什麼度假村。阿嫲要和他們拚老命。

其實這屋裡已經沒什麼人了。大伯全家也搬走了，搬到元朗的新屋苑去了。西鐵通了，到哪也方便。

阿嫲又頓一頓拐杖。我嚇了一跳，聽到她惡狠狠地說：

阿德，你在外面我不管。可嫲嫲下去賣鹹鴨蛋11。你要回來給嫲嫲收屍的，聽到沒？

我愣一下，點點頭。

這間屋子，是我長大的地方。那時候似乎很熱鬧。還養了兩條狗。老的那條叫喜寶，也在前年死掉了。聽阿嫲說，死得很突然。中午的時候，吃了一碗蝦乾粥，還到街上去溜達。走到街市的時候，一頭栽倒了，再也沒有醒過來。

喜寶很仁義，總是守著我。遠遠地望，我和同村的小孩子打架了，牠就撲過來。

沿著樓梯走上去，樓梯發出吱呀的聲音。顫巍巍的，好像就要斷裂開來。有一天，哥哥被阿爺蹬了一腳，就是從這樓梯上滾了下來，一直滾到地上。哥哥在地上掙扎一下，站起來。看見我，笑一笑，摸摸我的頭，一瘸一拐地走出去。我聽著阿爺在樓上喊，不肖子，不肖子。

樓上好大的塵味。也久沒人上來過了。悉悉索索的聲音，我打開燈，看見一隻老鼠從

11. 粵俚語，指人去世。

腳邊跑過去。牆角裡藍顏色的簿子，被咬得還剩下一半。我撿起來，原來是我小學時候的功課簿。底下還批了一行字，「志如鴻鵠」什麼的。

我心裡好笑，小孩子懂得這是什麼。

晚上我就在這閣樓上打了個地鋪。夜裡很靜，靜得睡不著。大概我在油麻地亂糟糟的環境裡慣了。

都傳說這島上有很多鬼。長這麼大我也沒見過一個。

倒是阿嫲，平白地半夜說起夢話來。斷斷續續地從樓下傳上來，有些瘆人。

第二天是島上的太平清醮。一大早村長跑過來，讓我幫忙去拍照。十幾年了，還都是老樣子。熱熱鬧鬧，多了很多遊客，大都是來看「飄色」的。小孩子們照例穿紅著綠，由大人們抬著，環島巡遊。臉上笑，其實是個辛苦差事。大熱的天。五歲那年我扮過趙子龍，硬生生尿在了褲子裡，說起來也丟人。好在現在的小孩子都有紙尿褲了。我就跟著走了一遭。如今扮的，也沒大不同，多還是歷史人物，戲文裡來的。可竟也與時俱進，「乒乓孖寶」不說，竟還有兩位阿太——葉劉淑儀與陳方安生。一個雀斑臉的小姑娘扮作「阿姐」汪明荃，最近風生水起，大概是因為做了香港兩會代表的緣故。

大街上打招呼的，都是老街坊。說起來都是看我長大的。八筒叔似乎比以往更老，背已經有些駝。本來就是老來得子。兒子阿路從小學到中學都和我同班，後來出息了，去了加拿大念預科，就再也沒有見到。聽說現在已經讀到博士了。

黃昏的時候，壓軸的「搶包山」。包山現在徒有其表。因為七九年那回包山塌下來，壓傷了很多人。大伯就是那年被壓傷了腳。原本他爬到了最高處，是要拿冠軍的。然後這節目禁了二十多年，在我記憶裡幾乎沒出現過。再恢復了，竹架變成了鋼筋，包子也都是塑膠的。報名的人要先參加 **Rock climbing** 的訓練。我看著一個大隻佬興高采烈地爬到了一半，向底下的人拋了一個飛吻。我按下了快門。這時候，電話響了。

聽見一個男人沒睡醒的聲音。

耳朵旁邊鑼鼓喧天。對方罵了句粗口，問道，靚仔，速食還是包夜？

我問：什麼？

對方停一停問：衰仔，唔好同我玩嘢。問我什麼，不是你留言的嗎？

我說：我……

他說，叫雞啊，大佬。

我看了一眼電話號碼，是我昨天傍晚打出的電話。

對方有些不耐煩地說，到旺角先打過來喇，黐線。

三

我在晚上十點多鐘的時候，到了旺角上海街。再次撥通了那個電話。依然是那個男人慵懶的聲音。

他給了我一個地址，在蘭街。

我一路尋過去。在靠近街尾的唐樓跟前，看見一個極小的牌子，「芝蘭小舍」。我正愣神，樓道口出現一個紮馬尾的瘦小男人，額髮漂成了金色。他上下打量我一下，說，生口面哦。

問我找哪個，我想起了紙條上的名字，就說，Agnes。

他揚一下頭，讓我跟他上去。

穿過黑漆漆的樓道。上到四樓，在一個房門口停住。沒什麼特別處，倒是更殘舊些，長滿了鐵鏽。沒有門鈴，男人在鐵柵上敲三下，停一停，又敲三下。

門響一下，從裡面探出半個橘紅色的腦袋。有眼光掃了我一下，聽到裡面的鏈鎖打開了。

我們走進去，原來是個女人，有些年紀了。雖然光線昏暗，還是看得出，臉上撲了很厚的粉。她瞇起眼睛，舔下嘴唇，說，好後生。

聲音嬌美得和她的身形不相稱，說完在我屁股上摸了一把。

我有些慌張。男人推開女人，說，May，唔好食子雞喇，我陪你唔係仲勁（我陪你不是更爽）？

女人鼻腔裡發出不屑的聲音，將一口煙悠悠地噴到我臉上。

我還是看出來，這屋裡是兩個單位打通了的，隔成了很多板間房。走到盡頭的一間，男人長長地喊：Agnes……

門打開了，但沒有看見人。房間很小，倒有一張 queen size 的大床。天花的燈管上裹著絲帶，房間裡就暈著粉紅色的光。

我聽見拖鞋的踢踏聲。回過頭，看見女孩正站在身後。

她穿了紫紅色的抹胸，和我昨天賣給她的 77。她並沒有正眼看我，只是將手很熟練地伸向背後，將抹胸的搭扣打開，說，先洗洗吧。

你在我店裡丟了東西。我說。

她愣住，猛然轉過頭。看我手上揚著那根項鏈。

我說，你走得太急了。

她下意識地捂住了自己的胸口，嘴角牽動了一下，對我說，你等等。

她走到房間的角落裡，從衣架上抽了一件 T-Shirt，套在身上。這一瞬間，我還是看見了她的乳房，暈白地跳動了一下。

她伸過手來，我把項鏈放在她的手心裡。
她戴到自己的脖子上，將十字架在手裡緊一緊，閉了一下眼睛。然後對我說，斷了好久了，送到銅鑼灣的銀飾店修。回來半路上才發現不見，謝天謝地。
我說，你信耶穌的？
她看一看我，笑了。說，我不信，可我姥姥信。信耶穌，得永生。
我捲起舌頭，說，姥姥。
她大笑起來，說，你們香港人，學不會捲舌音的。
我也笑了，你姥姥知道你來香港麼？
她眼神黯了一下，低下頭去，說，她死了。
我也沉默了。
過了一會兒，她揚起臉，卻問我說，你和女人做過麼？
我搖搖頭。
她想一想，挨我坐得近一些，握住我的手，放在她的臉上。我的手掌拂過她柔滑的皮膚，指尖燒了一下。
她更貼近了一些。我想起她鹿一樣的腿，包裹著77。渾身漸漸有些發熱。
她將我的手含在嘴唇間，輕輕咬。微微地痛。我一把推開她。
她看著我，說，你，不行麼？
我虛弱地笑一下，搖搖頭。

我說，你為什麼做這個？
她側過臉，眼睛裡的光芒冷下來，她說，我為什麼不做這個？
她在隨身的包裡翻了一會兒，翻出一只打火機，點上了菸。深深吸了一口，輕輕吐出來。
我為什麼做這個？每個人有自己的本錢，我的在這裡。她端了一下自己的乳房。T-shirt 也就跟著波動起來，上面粉紅色的 Hello Kitty 好像活了。
菸抽掉半支。她側過臉，看看我，說，真的不想？有個差佬，抓過我們做一樓鳳的姊妹。後來給我遇到，在床上幾乎要了我半條命。男人都是些假正經。
我說，你去過長洲麼？
她拿起一枚很精巧的指甲刀，開始修指甲。頭也不抬地說，沒去過，是什麼地方？
我說，是一個島。我在那裡長大。
她說，哦，我也出生在島上。
我說，在哪裡？
她說，蓬萊。
我說，蓬萊仙島。
她笑了，說，你還真好哄，哪裡是什麼島，就是個小縣城。更沒什麼神仙，住的都是些人。苦命的還不少。
你有兄弟姊妹麼？我問。

她搖搖頭，問我，你呢？

我說，我有個哥哥。

這時候，一隻鴿子飛過來，落在床跟前小小的窗戶上。歪過頭，看著我們。嘴裡發出咕咕的聲音。女孩掐滅手上的菸蒂，彈出去。鴿子嚇得後退了一下，然後振一下翅膀飛走了。

我掏出了五張一百的紙幣，放在床上。然後說，我走了。

她的臉還向著窗口。這時候回過頭，看著我問，你還會來麼？

我笑一笑，推開了門。

四

這一周雨很大，生意清淡。偶爾進來的，都是躲雨的人。

颱風莫尼克，來了兩天，沒有要離開的意思。它喜歡這個城市。

我看著對面的時代廣場，前面的大鐘指針上嘩啦啦地滴著水，走得很辛苦。

想起那年，我第一次過海，看到那只大鐘。好像著了魔，看得挪不動步子。

哥哥牽著我的手，說，這只鐘，看它秒針走十圈的，就要死。

我嚇壞了，拔腿就跑，一路跑一路哭。

當天夜裡，老怕自己會死掉。不敢睡覺。

阿爺為這事，又揍了哥哥一頓。

現在我日日夜夜對著這只鐘，活得好好的。

還有半個鐘就打烊了。同事們陸續走了，留下我一個，整理貨品。

這個月的營業額慘澹。雷曼作怪，整個東亞市場面臨危機。店長訓話，東京已經關閉了六家分店。或許接下來就輪到我們。

有些雨水趁著風勢，滲進店裡來。

我找出地拖，剛拖了幾下，電話響。阿嫲打過來。又在和我絮叨政府收地的事情。說祖屋這幾天房頂漏雨漏得厲害，也沒有人來修。突然話鋒一轉，跟我說，八筒叔前天死掉了。

外面一聲炸雷，我手一滑，電話掉到地上。

伏下身去撿，抬起頭，有人站在面前。

女孩的頭髮，濕漉漉地滴著水。

她撩起頭髮，打量我，然後闔一下眼睛。一言不發地向店堂裡面走。走到更衣間，才停下來，對我招招手。

我跟過去。她說，你不問我，有什麼需要嗎？

她打開更衣間的門。

我說，小姐，請問有什麼需要嗎？

她踢掉麂皮靴子，直視著我的眼睛，說，我需要你。

我有些無措。一瞬間，被她拉進了更衣室。

她抓起我的手，從她的領口伸進去。先觸到的，是那枚小小的十字架，被雨水浸得冰冷。十字架底下的皮膚，是滾熱的。摸得到起伏，像是有東西要衝突出來。

我的喉管裡有聲音在湧動。熱量從手掌傳遞到身上。我打了一個寒顫。

這時候，她捉住了我的唇。我感到舌尖被輕輕咬住。她看著我的眼睛。我心裡有崩塌的感覺，緊緊抱住她。

血從她嘴角流出來。是我的，能感覺到她牙齒間細微的齒輪一樣的邊緣。然後是熱的腥鹹味道。

這時候，她一把推開我，說，你該打烊了。

我們走在軒尼詩道的行人路上。雨已經停了，不小心踩到一塊不平的地磚，就是「撲哧」一聲響。

我在前面走，她在後面影子一樣地跟著。我上了小巴，她也上來，遠遠地坐在車尾。

我在油麻地下了車，穿過廟街。這街道現在還是燈火通明。有些小攤檔在賣翻版碟。翻得不很好，羅文的聲音就有些粗礪蒼涼，倒是比原來耐聽一些。「我們大家在獅子山下相遇上，總算是歡笑多於唏噓……」

豬骨煲的味道滲透出來，整個街道就都暖融融的。一個婆婆走到我身邊，扯扯我的衣角。說後生仔，這個好得不得了，金槍不倒。我看她偷偷地取出一個錫紙包，說只賣我十塊錢。

一個紋了身的胖大男人就說，阿嫲，男人金槍倒不倒，你是怎麼知道的哦。

婆婆一愣，就開始謾罵，以「死仆街」開頭，問候男人的祖宗八輩。

女孩笑起來，咯咯有聲。男人輕薄地嘟一下嘴唇，把一塊檳榔渣吐到她腳邊。

我走到大廈的樓道旁，對女孩說，我到家了。

女孩說，我知道。

我上樓梯。平臺上的燈光射進來，把我的影子拉得很長，歪歪斜斜地鋪在樓梯上。女孩好像踩著我的影子走上來。

到了五樓，我打開了鐵柵，聽見有一扇門響一下。有隱隱的哭的聲音，我知道，是隔壁的道友黃又賭輸了錢，或者又拿錢買了粉。哭的是他的老婆。黃太是個愛面子的人，連哭都要壓抑著。可是，這牆薄如紙的板間房，誰又瞞得住誰的生活。

道友黃陰沉著臉走出來，赤著膊去隔壁的公共衛生間洗澡。看見我回來，揚一下嘴角。他似乎沒留心到我背後的女孩。我打開D單位的門。

女孩走進來，說，你住這裡？

我點點頭。

她的眼光掃了一圈，問我說，你喜歡Beyond？

牆上是一張放大的黑白海報。海報上的黃家駒嘴角有笑意，眼睛很嚴肅。

我說，還行吧，這是我哥哥留下來的。

這張海報上已經有些水漬，是連月的陰濕天留下的印記。曲曲折折。我看過去，有一種奇怪的感覺。好像昨天剛剛貼上去，耳邊會有〈光輝歲月〉的旋律。

女孩問，你哥哥是個什麼樣的人。

我有些心不在焉。我說，平常人吧，不算多好，也不壞。

女孩坐在我身邊的桌子上。

這房間裡沒有像樣的家具，只有這張大而無當的桌子，將房間的面積占去了三分之一。桌子缺了一個角，很破敗，卻鐫著十分複雜的雕花。道友黃說，房東以前在外面是吃「息口」[12]的。這桌子是從人家家裡搶來抵債的。興許是件老貨。

女孩沒再說話，手卻在膝蓋上輕輕彈動。當她的手指觸到了我的胳膊，這手指的彈動並沒有停止。仍然是輕輕地，從我的手腕爬到臂彎，又從臂彎爬到肩膀。我突然意識到，這彈動的節奏。時疾時緩，我突然意識到，和我頭腦裡的聲音，漸漸走到了一起。是〈光輝歲月〉。

我捉住了這隻手。轉過身，看著微笑的女孩，吻下去。

我吻著她，一邊脫去了女孩的衣物，駕輕就熟，好像一個老手。女孩瞬間赤裸在我的面前，躺在這張桌子上。

我開始不知所措。

女孩仍然微笑，伸出胳膊，勾住了我的脖子。她導引我，用我們頭腦裡共有的那個節奏。

當我感受到熾熱的包裹，才猛醒過來。女孩為我戴上了一只保險套。旁邊是一個撕裂的錫紙包，上面寫著「金槍不倒」

一切順理成章，好像完成了一個儀式。

我們躺在狹小的床上。沒有說話。

12. 粵俚語，高利貸。

過了很久，女孩說，你轉過身，趴下。
我看她一眼，照做了。
女孩爬到我光裸的背上。很輕，沒有重量。能感覺到的，依然是她手指的動作。溫涼滑膩，好像一條魚在背上游。我慢慢知道她在做什麼。一筆一畫，這其實是我們小時候曾經玩過的遊戲。
我閉上眼睛，認真地在頭腦裡重複她的筆畫。
我問，這是什麼字？
她無聲地笑。說，你的簡體字學得真的不太好。就又寫了一遍，說，這是我的名字。「寧夏」。
我說，你是在那裡出生的麼。好像是個很遠的地方，我們地理學過，在中國的西部，沒有水，有很多羊。
女孩在我的背上沉默了一會兒，說，我沒有去過那裡。聽我姥姥說，我爸爸去了那兒，就再也沒有回來。他是文化館的館長，媽媽是縣裡歌舞團的演員。他們是在演出的時候認識的。我爸走了，我媽就跟另一個男人跑了。我是我姥姥帶大的。我姥姥說，人的喜樂，都是主給的。所以，誰也別怨誰。
女孩問，你有姥姥麼？
「姥姥」我想一想，眼前突然蹦出了阿嫲的臉，就說，她還活著，整天都在抱怨。
女孩問，你還有什麼親人？

我說，我有過一個哥哥。

「有過？」

嗯。我翻了一下身，女孩滾落下來，抱著我的肩膀。她身前小小的乳抖動了一下，貼近了我的胸膛。很溫暖，像一對鴿子。

我看著她的眼睛說，他死了。

五

現在想起來，哥哥的死，或許並不是一個偶然。

我已記不清他的模樣，只記得他的一頭亂髮。

哥哥比我高一頭，說話永遠簡短，帶著詛咒的性質。

還有，他愛穿機車版 Z61，煙灰色的，上面滿是破洞，有骯髒的油膩。

說起來，我工作的這家店鋪，歷史也已經很久了。哥哥帶著我站在羅素街上，那是第一次離開了長洲。「卡馬」銅鑼灣店開業的第一天。

我孤零零地站在店門口，看哥哥擠在一堆年輕人中間，買了一條 Z61。我問，哥哥，你為什麼買了條髒褲子。哥哥喜悅地在鼻子裡「哼」了一聲，摸了摸我的頭。

哥哥偷了阿爺的錢，買了這條 Z61。阿爺打了他，然後蹬了一腳，哥哥從樓梯上滾了下來。哥哥對我笑一笑，離開了家。

哥哥是同年的年輕人裡，第一個離開長洲的。

那年哥哥才中三。再回家的時候，嘴巴上已生了淺淺的髫鬚。胳膊上紋了一條龍、一頭虎。

阿爺又一腳把哥哥蹬出了家門。

哥哥塞了一隻「鹹蛋超人」給我，說城裡的孩子都在玩這個。他說，他要走了。是男人，就應該去街上混。窩在這島上，生下來就死掉了。

哥哥笑一笑，轉過身，赤金色的頭髮在陽光裡飄起來。我遠遠地望著他走去碼頭。有人摸摸我的頭，是阿爺，也遠遠地向碼頭望過去，歎了一口氣。

有人說，哥哥加入了油尖旺的黑社會，當馬仔。在架步（色情場所）收保護費。其實哥哥沒有。哥哥白天在上環的碼頭打工，晚上在廟街賣翻版影碟。

哥哥儲錢，買了一輛摩托車。帶我到大埔。一群年輕人，都留著長頭髮，腳上穿著鑲了銅釘的皮靴。他們摩托車都改裝過，開起來震天響。我坐在山崖上，看著哥哥的虎頭車，跑在第一個。

兩年後，哥哥加入了半職業的賽車俱樂部。

哥哥後來，差一點就出息了。我們都在報紙上看到了哥哥。第一屆的香港青年機車聯賽拿了冠軍。哥哥帶了一只獎盃回來。獎盃金燦燦的，映得哥哥的臉很熱鬧。他說，我要讓他們知道，長洲出了個李麗珊，還有一個林布偉。

阿嫲到處講，我們家偉仔是武狀元。阿爺沒說話。只是第二天，發現獎盃被放在了祠堂裡頭，祖先靈牌的旁邊。

半年以後，哥哥死在了亞錦賽的賽場上。我看見他的車被後面一架藍色的「鈴木」超過去，然後就偏離了跑道。我看見哥哥飛起來，在空中蕩過一道弧線，然後落在地上。

兩年後，阿爺也死了。阿爺快死的時候，不要去醫院，誰說都不聽。阿爺說，他要按老規矩在祠堂裡等死。

大家就抬了他去祠堂，停在大槐樹底下。他仰著臉躺著。大家很肅穆地在旁邊袖了手。可是，到黃昏了，還沒死，對我大娘說，想喝粥。

於是大家就又把他抬回去了。

第二天，他又要大家抬過去。到晚上，還是沒有死。就又抬回來。

這樣過了四天，大家都有些倦。仍然圍著阿爺，開始聊起天來。張家長，李家短。說到了興處，就咯咯地笑。阿爺就睜開眼睛，眼白一輪。大家就都安靜下去了。

到了第五天，阿爺終於死了。他死的時候，誰都沒注意。整個下午，都在議論大殮時，請哪個戲班過來唱大戲。到晚上要抬回家的時候，發現人已經僵了。

阿爺胸前捧著那張發黃的報紙，登了哥哥得冠軍的新聞。大伯想將報紙抽出來，怎麼都抽不出，只好呼啦啦地撕下來，扔在地上。

我撿起來，看見哥哥靠在他的摩托車旁邊，站得直直的，卻沒有了頭。給大伯撕掉了。

聽我說完這些，寧夏沒有言語。過了一會兒，她抬起手，摸了摸我的臉。嘴裡哼起一支旋律，是〈光輝歲月〉。

我也輕輕地和上去。她的手在我的手心裡，漸漸有薄薄的汗。她的聲音弱下去。

寧夏躺在我身邊睡著了，一隻手還搭在我胸前。在日光燈的光線裡頭，她瓷白的身體閃著瑩藍色。我禁不住摸了摸，溫熱的皮膚有細微的顫動。

我睡不著，隨手拿起一本橫溝正史。其實我很少看書，但是，每當睡不著的時候，我會看這個日本作家的東西。他將一些血腥的故事，講得很安靜。適合這樣的夜晚。

陽光照進來的時候，寧夏還在睡，睡得很熟。百葉窗將陽光篩下來，她身上就有了許多道彎曲的條紋。她翻了下身，終於醒過來。揉揉眼睛，看著我，用對陌生人的眼神。她迅速地爬起來，開始穿衣服。一句話也沒有說。

她快要穿好的時候，我打開抽屜，抽出一張一千塊，放在她手上。

她的動作靜止了，捏著那張錢，停頓了幾秒，然後擲在床上。順手給了我一個耳光。

我聽見，她「登登登」地跑下樓去。我摸摸臉，有些發燙。

至今想來，和寧夏在一起的日子，其實有些突兀。但當時卻覺得順理成章。

在店鋪打烊的時候，她經常出現在門口，淺笑著看我。同事們都不是多管閒事的人，所以對我和這個女孩的拍拖，也報以簡單祝福的態度。

他們都注意到女孩穿著的，正是我們店裡賣的 77。也都說她穿得特別好看，簡直可以取代門口燈箱上的廣告代言人。

那一天，她身上是一件顏色極其樸素的碎花長衫，頭髮輕輕地挽著。也不進來，在門口看著我，說不出的嫻靜。

我們走在旺角的街頭。穿過女人街，還有通明的燈火。在這深夜的熱鬧裡，寧夏有些興奮，恢復了活潑的樣子。她隨手拿了一件寫滿了潮語的 T-shirt，在身上比劃。又或者抄起一只面具，戴在我的臉上，用手機「喀嚓喀嚓」拍了許多張，全然不顧攤檔老闆的眼光。

在接近街尾的偏僻地方，有一個很小的攤位，琳琅地擺著一些飾物和玉器。大概大多都是假的。看攤的是個老婆婆，也並沒有招徠生意的姿態，竟然半闔著眼在打瞌睡。

寧夏蹲下來，在這些東西裡翻了一會兒，撿起一對紫色的耳釘。對著光看一看。

婆婆說，小姑娘，紫螢石的。這種顏色不多見呢。

寧夏認真地又看一看，問，多少錢？

婆婆說，我快要收檔了，算你兩百好不好？

寧夏放下說，折一半我就要。
婆婆抬起眼睛，看看她說，一半錢我賣給你一只，可戴一只是留不住男人的心的。
寧夏大笑起來。她說，婆婆，你留著自己戴吧。我這輩子，就沒想過要留住男人。
說罷，她遠遠地大步走開了。

我想一想，掏出兩百塊，給了婆婆。
婆婆將耳釘放在我手裡，笑一笑，慢悠悠地說，她不要留你。你留住她。

西洋菜街的盡頭。我拉住寧夏，把耳釘給她看。她的眼睛亮一亮，說，你給我戴上。
我給她戴了。她問我，好看嗎？在暗影子裡，螢石發出一種有些詭異的光芒。
這時候，有人走近，一邊有嘈雜的說話聲。
寧夏突然轉一下身，抱緊了我，突然吻上了我的嘴。幾乎透不過氣。
我們這樣抱了幾分鐘，那些人走遠了。
寧夏放開了我。我看一看她，又捉住了她的唇。

我們在我的小屋裡做愛。
我感受到了做一個男人的好處。很美妙。寧夏用她的身體控制節奏，讓我欲罷不能。
我們沒有太激烈的動作。也因為寧夏的從容和嫻熟，我們之間沒有冷場。在接近高潮的時候，寧夏發出了輕細的呻吟聲。

這一剎那，我突然有些醒覺。我的快樂也許是來源於這個女人的職業習慣。這讓我產生了罪惡感和淡淡的恐懼。

我們躺定下來，身上還覆蓋著細密的汗珠。我似乎還能感覺到身邊起伏的輪廓。

我起身，找出一支菸，點上。深深地抽幾口，想把空虛感充滿。

寧夏咳嗽了一聲，然後說，我餓了。

我們坐在樓下的「陳記」粥粉店。

因為坐在外面，還可以看到月亮。在樓和樓狹窄的一線天空裡掛著。有一些靄遊過來，很快被遮住了。

「你吃什麼？」寧夏用點菜紙敲一敲我的手臂。

「狀元及第粥。」我醒過神，脫口而出。

「一個叉燒腸粉，生滾魚片粥，狀元及第粥？」

寧夏點點頭，問我說，你喜歡吃這個？

我說，吃慣了。我阿爺要光宗耀祖。家裡的男孩子吃粥，頭道就是這個。我哥好歹上過新聞。我呢，祖宗都不要正眼看。所以，也就吃個意頭。

寧夏喝粥的樣子很輕巧，沒有聲音。也不說話，很認真地，一口一口喝下去。

她的臉，這時候沒有血色。低著頭，透過領口，隱隱看得見鎖骨。她還是很瘦的。

我突然覺得有些心疼，摸了摸她的頭。

寧夏揚起臉，問我，你怎麼不吃。

我說，我喜歡涼些再吃。

她是餓了。喝完了粥，腸粉也已經去了一半。

我想一想，終於問她，晚上不用回去麼？

寧夏停住了筷子。她用紙巾擦一擦嘴巴，很慢地說，其實你是想問，我晚上不用回去做生意麼？

我一時語塞。

她卻在這時候笑了。她說，我晚上有自由，是因為我幫他們做別的生意。

我問，是什麼？

寧夏沒有答我，只是說，你的粥涼了。

六

我最後一次和寧夏一起喝粥，已經秋涼。

那一天一切如常。她接我下班，回家做愛。然後在接近凌晨一點的時候來到「陳記」。

我記得，她依然要了一個「生滾魚片粥」，我依然要的「狀元及第粥」。還有一個牛肉腸粉，不對，好像要的是個「炸兩」。腸粉裡包裹著油條。

寧夏那天興致很好，並沒有很沉默。她甚至和我講起了一些八卦。她說，她的一個從湖南來的小姊妹懷孕了。已經四個月了才發現。May姐很惱火，追問起來。才知道，這小妹妹剛來的時候，連保險套都不知道怎麼用。整只的吞下去，以為就能避孕了。

她說完，我們都沒有笑。

過了半晌，寧夏說，我的雙程證要到期了。

我捏了捏手中的紙杯，喀吧一聲響。啤酒溢出來了。

我問她，你會回來麼？

她低一低頭，聲音很輕，說不好。

我覺得臉上的肌肉有些彆扭，還是迭出一個笑容。我想說的是，我上大陸看你，其實很方便。

寧夏打斷了我，她說，你留個電郵地址給我吧。

寧夏消失了。在我的生活中，消失了。

打烊的時候，我一個人望著門外，發著怔。

同事們開我玩笑，問是不是同我條女吵架了。這樣過去了半個月，我還是望著門外。

他們就不再說話了。他們議論說，德仔是同人掟煲[13]了。

店長過來拍拍我的肩膀，說，出息點兒，天涯何處無芳草。

我苦笑一下。

我認真地查看任何一個陌生的郵件位址。不顧電腦系統的警告，打開任何一封來歷不明的郵件，電腦中了兩次毒。

顯示器上。出現一張惡魔的笑臉。然後用尖利冰冷的聲音對我說，我電腦裡的文件，已經全部被刪除。

我站在旺角街頭，已經是夜裡十點鐘，燈火通明。

我並不知道還可以往哪裡去。

年輕的男男女女，走過身邊，興高采烈。

一個中年男人，頭上戴著面具，扮作最近很紅的立法會議員。他以「棟篤笑」的形式，開始大張旗鼓地批評時政。關於拆除皇后碼頭，關於高鐵，關於競選答辯的無聊橋段。

圍觀的人足夠多的時候，他突然轉過身，褪下了褲子，露出肥滿鬆弛的屁股，上面用濃墨畫著特首的臉。依稀看得到股溝裡的黑毛，令人一陣噁心。

走到蘭街，我的呼吸開始急促。我並不期望有奇蹟發生。但是，還是胸口發堵。

這裡的女人，或少或老，都有一張不耐而討好的臉。本來是目光倦怠的，當我經過的時候，突然就熾烈起來。

我像一隻在遊蕩的獵物。無所用心，不知所措。

一枚菸蒂畫了一個長長的拋物線，投擲到我的面前。還在燃燒。我一腳踏上去，碾熄了它。

終於站在了樓道口。我抬起頭，看到「芝蘭小舍」的霓虹招牌是滅的。燈管中間有些斷裂，灰撲撲的糾結在一起。看起來有些破敗淒涼，像個卸了妝的老女人。

我猶豫了一下，還是走上去。走到四樓，聽見嘈雜的聲音。看到門前的鐵柵已經被拆了下來，靠著牆放著。

一個光著脊梁的男人，扛著一支電鑽，走了出來。我問，你們在幹什麼？

他橫我一眼，用很粗的聲音說，使咩講，咁系裝修喇。

我頓一頓，終於說，住在裡面的人呢？

---

13. 粵俚語，分手。

他用輕浮的聲音看我一眼，你話嗰間雞竇，唔知喎。我都幫襯過，都想知。

說完，他揮一揮手，讓我不要擋住他的去路。

我望了望裡面，黑黢黢的，板間牆都推倒了。原來是很空曠的。

七

臘月的時候，阿嫲死了。

留下了一只金鑲玉的戒指，是要給孫媳婦的。

大伯放在我手上，說，生生性性，來年討房媳婦吧。你阿嫲走得唔安樂，一對眼睛都沒闔上。

春天的時候，店裡的生意維持得不太好。開始裁員，從高層開始，到分店的Sales。

我們店裡，先是KK，然後是華姊。華姊懷孕五個月。她臨走拍拍我的肩膀，撇一下嘴，說，細佬，我是不想搞事，要不跟他們翻勞工法，他們就死定了。你好好做，替姊爭口氣。

留下的人，也減了薪水。店長一邊罵，一邊搖頭說要和集團共度時艱。

夜深了，還是在打烊後，我拐上軒尼詩道乘小巴，在旺角下車，走到油麻地，穿過廟街。有時候一錯眼，就看了熟悉的影子。醒過神，又不見了。

我笑一笑，還是往前走。不再作停留。

這城市造就了無數相似的人。走了一個，還有許多。

半個多月了，睡不著，就起來，去冰箱拿一瓶益力多。

打開燈。在焦黃的光暈裡，看見了對面黃家駒的臉。微笑如常。天太潮，海報已經捲曲皺摺。他的笑容倒是生動了一些。

我的頭腦裡響起了〈光輝歲月〉的旋律。突然脊背上一陣涼，好像被手指輕輕劃過。

益力多的味道酸而甜。我在頭腦裡默念著那些筆劃。

這時候，突然電腦發出馬頭琴的聲音。是來了一封新郵件。我抬了下眼，沒有動彈。

突然間，心裡一凜，坐起身。

打開，一封沒有署名和主題的郵件。

只有一個地址，在深水埗的元華街。

我用 google 地圖找到了這個地址。是一個廢棄的工廠大廈。

八

寧夏見到我的時候，把身上的毛毯裹得嚴實了一些。眼神冰冷。

這房間很小，似乎只放得下一張床。卻垂掛著長長的紗幔，發著汙穢的粉紅色。一滴水掉下來，落到我的頸子裡，一陣涼。我抬起頭，看到屋頂上暴露的管道，鏽跡斑斑，上面沁著水珠。

我說，你降價了，速食三百二。

她縮一縮身體，對我笑了笑。

毯子有些滑落下來。露出了她的腿，我看到，她仍然穿著那條77。或許並不是那一條。但我認為是。

我說，不認識了麼？今時今日，這樣的服務態度可是不行了。

我模仿著電視裡劉姓明星的浮華腔調，喉頭一陣酸楚。

她慢慢地站起身，說，先洗洗吧。

當她脫得只剩下文胸，我看見了她肩頭的那塊淤紫，她立刻遮掩了一下。我仍然看得很清楚。

她看著我，後退了一步。

我走近她，拉住了她的手腕。她顫抖了一下，嘴裡發出嘶的一聲。

我鬆開，看見她的手臂上，布滿赤褐的針孔，泛著不新鮮的顏色。

我心裡有些痛，又有些噁心。對於這些針孔，我並不很陌生。我的鄰居道友黃，給我上過現實的一課。

寧夏掙脫開了。她背靠著牆，側過臉去。

我問她：怎麼回事？

她嘴角動一動。沒有聲音。唇抿得緊了一些，輪廓變得堅硬。

我問她：怎麼回事？

她沒有看我。

我們僵直地面對面站著。

她坐下來，摸索，在床頭找到一支菸，點上。她並沒有抽，任由它在指間燃了一會兒。沉默中，她忽然開了口：你走吧。

我站在原地沒有動。

她抬起頭。這回，眼睛裡跳躍了一下，好像灰燼裡的火苗，灼灼看著我。她說，你走吧。

我說，到底發生了什麼？

她將菸頭擲在地上，用腳碾滅了。站起身來，狠狠地推我一把，說，走吧，快走。

在這一剎那，我看見了她臉色泛起了潮紅。她咬了一下嘴唇。牙印下卻現出了紫白的顏色。她慢慢地癱軟下去，蜷在了床腳。我上前一步。她揚起臉，淚流滿面，身體發著抖，用輕得難以辨識的聲音說：走……

在我不知所措間，她抬了手，按了一下床頭的綠色按鈕。

很快衝進來一個人。是個瘦小的男人，金黃色的平頭。我和他對視了一下。有些發愣。是的，我也認出他來。他的馬尾剪掉了。沒有頭髮的遮掩，看到了他眉骨上一道深深的疤痕。

他錯過眼，衝著寧夏嚷起來，死八婆，攪到我覺都沒得睡。

他迅速地拿出一條皮管，紮在寧夏的臂彎，然後嫻熟地拍打。寧夏虛弱地將頭靠在牆上。然而，當針頭扎進靜脈，她還是戰慄了一下。但很快就平靜下來，呼吸均勻了。額上細密的汗，也似乎退去。

她睜開眼睛，眼神空洞。

她輕輕地對我說，你走吧。

近乎哀求。

我走出門。粉色的燈光在我身後熄滅。我聽到寧夏在黑暗裡歎了一口氣，悉悉索索地摸到床上，躺下來。

我回轉過身，門重重地關上。

男人經過我，說，你怎麼還不走。

我搶了他一步，攔到他前面，問他，你們對她做了什麼？

男人冷冷地笑一聲，看了我一眼：衰仔，倒來問我，我還想問，你對她做了些什麼？之前條女不知幾乖，識了個羅素街的小白臉，晚上就不願意接客了。做雞不接客，大了膽子說要幫我們去灣仔送貨。送了幾次，我們老闆以為她順風順水，放了單大生意給她。真是黐線，成隻貨[14]給她，當晚被仆街差佬放蛇。返來話貨不見了。老闆自然不能放過，唯有賤賣她。

我站在暗影子裡，捏緊了拳頭，指甲嵌進手心的肉裡，一陣發疼。

男人似乎沒看到什麼，只是自顧自地說下去。賣就賣吧，一天多幾個男人，閉上眼睛，也不就過來了。粉債肉償，了結早超生。死大陸妹，要逃。旺角就這麼大，逃得出去嗎？她偏是烈性子，人管不住，就只好用粉管住她。月底有條跟貨到南洋的船，就帶她到吉隆坡去。賣到死都沒人管，眼不見為淨。

14. 黑社會指稱海洛因等毒品的交易計量單位，一隻爲七百克。

男人意識到什麼，突然打住，說，靚仔，這沒你什麼事了。快走吧。記住了，要是有差佬過來，死你全家。

她欠你們多少錢？

男人抬起頭，看一看我，並沒怎麼猶豫：加加埋埋，十七萬。

我咬一咬嘴唇，說，我還。

男人笑一笑，聲音卻帶了些狠，好小子，重情義。行，給你一個星期。期限過了，可就由不得你了。

我不知道，我是如何走出這幢大廈的。只感覺到耳畔有些陰陰的風。很冷。

又下雨了。今年的春天，本就來得遲。下了雨，就又是一層涼。

走到街口，看到一個老婆婆推著小推車，車上是一摞壓扁了的紙箱，大約是她今天的撿來的收穫。箱子上搭著一捆顏色不太新鮮的西洋菜。車子往前走一走，菜就顫巍巍地抖一抖。婆婆回過身，長長地喚：阿龍。

就看見遠遠地，一個小男孩跌跌撞撞地跑過來。站定了，扯了老婆婆的衣角。祖孫倆就一起慢慢地往前走。

我看著他們的背影，有些出神。

九

我湊到了九萬塊。

這是第五天。每一天，我走到元華街。我數到了那扇窗子，其實只是一扇氣窗。但我似乎還是能看到粉紅色的燈光，淺淺地放出來。是寧夏在裡面。

有時候，窗子是黑著的。我就站在那裡，等著。等那窗子又重新亮起來。我才會走。寧夏在裡面。

我大概籌不到更多的錢了。我對他們說，經濟不好，公司裁掉我是看得見的事情。我想和朋友在油麻地合夥開個服裝店。

大娘給大伯使眼色。大伯只當沒看見。大伯寫了張支票給我，上面是五萬塊。大伯說，德，這錢是留給你娶媳婦的。現在給了你，以後可就沒有了。

我說：哦。

朋友們都說，林布德不是輕易跟人開口的人。要幫的。

我湊到了九萬塊。

我打電話給那個男人。

我說，能不能再給我一個星期。

他說，我們老闆說了，人能等，船不能等。

我沉默了。

他頓一頓，說，也不是沒有辦法。

我聽他說完了，說，讓我想一想，等會兒打給你。

十分鐘後，我打給他。我說，好，我答應你。但是，我要上去看一看寧夏。

他愣了一會兒，說，來吧。記得先帶上那九萬塊。

寧夏很安靜地躺著。沒有聲息。

臉蒼白著，但是呼吸勻淨。床頭櫃上擺著針管。大概是剛剛平復下去。

我用手指撩起她的額髮。這仍然是一張好看的臉。只是很瘦了，眼窩有些陷下去。眉目就沒有這麼柔和了。

她的頸項上，還墜著那個銀色的十字架。因為人瘦，胸前空落落的。

我摸摸她的手，還是溫暖的。我把她的手，放到被子下面。想起了，又拿出來。我從口袋裡取出那枚金鑲玉的戒指，戴在了她的無名指上。不緊也不鬆，正好。

這是阿嫲留下來的，傳給她的孫媳婦。

我並沒聽到，這時候，我哼起了一支熟悉的旋律，是〈光輝歲月〉。我也沒有看到，這時候，有一滴淚，從寧夏的眼角滾落下來。

十

這個叫深圳的城市，對我是陌生的。

雖然，和我生活的城近在咫尺。

也許將來也還是陌生的。我並沒有看到它。過了皇崗口岸，上了一輛麵包車。我被戴上了黑色的頭套。

在暗寂裡，只有耳朵是自由的。沒有人說話，只有呼吸的聲音。粗重的，輕細的。急促的，緩慢的。車在半途中停了，好像上來一個人。大概是個女人吧。因為多了輕巧的嗑瓜子的聲音。這聲音放大了，我好像聽見瓜子殼被門牙迸裂，然後她用舌尖將瓜子仁從殼裡輕輕挑了出來。瓜子仁混著唾液，在她的臼齒間碾碎了，然後被她吞嚥下去，滑膩的聲響。

一輛摩托車呼嘯而過。輪胎在柏油路上粗礪地摩擦。然後，遠遠地聽不見了。

我想起了哥哥。

我躺在黑暗中，聽見金屬碰撞的聲音。

是一個手術檯吧。我將要在這個手術檯上，失去我身體的一個部分。這個部分，值八萬塊。

我聽見麻醉藥注入了我的血管。和血液混在一起，向我的身體擴散。

我還是清醒的吧。

皮膚被劃開，不疼，一陣涼。刀深深地探進去。又是一刀，再一刀。

我的身體重了，墜下去，又被托起來。我看見了。許多張臉，在看著我。他們對我伸出手。每隻手，都是冰涼的。

嘈雜的聲音，蚊嚶一樣。近了，有什麼東西沉重地落下，轟的一聲響。我跌在地上。

我睜開眼睛。發現自己還活著。

我躺在水泥管道裡，身體下面集聚著黏膩的液體。黑暗潮濕，呼吸不暢。鐵鏽的腥氣漫溢。像是躺在一具身體裡，很溫暖。

終於。

我想喊一聲，但沒有了力氣。於是我重又躺下。有一些液體流淌出來，漫過我赤裸的身體，積聚到了臂彎。

我這才發現，讓我溫暖的，是我自己的血。

告解書

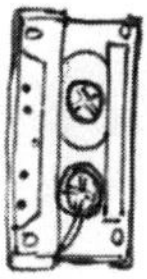

Chapter 1　杜若微

對不起，又睡過頭了。

哦，就是這些嗎？需要我讀出來麼？你們從哪裡找到了這個。好吧，不過這種文藝腔的東西，我很久沒念過了。

你說，關於過去。好吧，我讀。

錄音打開了麼？哦，那我再等一等。好了，那開始吧。

其實，他的模樣已經有點模糊。記得是，他的眉毛濃重，眉宇卻開朗。是心平氣和的面相。

現在想來，我們的相處，其實波瀾不興。以至於，我好像是在回憶我自己的生活，而不是兩個人的。那時候，彼此都有要做的事情。而在他眼裡，我是個孩子，或許現在仍然是。

談不上分開，是自然的解體。兩條鐵軌，在一個空曠的地方交匯。但是又因為扳道工的盡職，猝然分開，各行其是。

知道內情的人。都說這兩個人，將來都是了不得的。其實是他理智，與我無關。我的主意，都是他拿的。

或許優柔寡斷，也是他的從容。

後來，兩個人各走各的。也都沒什麼了不得的作為。

後來，他結了婚。生了孩子。孩子的名字，是我起的，叫禾稼。因為生在十月，十月納禾稼。

坐他的車，和一群熟人吃飯。一路上都是紅燈。在一個街口，他把手伸過來，握一握，是鼓勵的意思。其他，再沒有什麼。

認識的一幫人，老的老，出國的出國，結婚的結婚，當爹娘的當爹娘。曾經最光鮮的一個，卻在醉酒後把自己弄殘了。

後來去唱K。他唱〈惑星〉，唱得非常認真。在和自己較勁兒。

有人就跟我說，他還是放不下。

我說，我是拿不起。

過去了這麼多年，想說不想說的，也都不說了。

收到他寄來的一本《閱微草堂筆記》。那是他喜歡的小說格式。記得有一個冬天，他給我讀尼金斯基的回憶錄。後來餓了，就出去吃火鍋。吃的時候還帶著，結果忘在火鍋店了。他就編了後半個故事給我聽。後來，是許多年後，我又看到了這本書。原來真相，比他的講給我聽的，要平庸百倍。

這是他對生活的觀念。沒有大開大闔，也無所謂苦痛。過日子就是好的。

也許，我已經是讓他意外的部分。不過，他還是當是最自然的出現，接受並善待。他對我最大的教導，是這麼一句話：「別老問為什麼」。

好了，讀完了。就這樣。

嗯，是有點平淡。爲什麼沒有細節？哦，別老問爲什麼。

Chapter 2　林牧生

你見過這只錶？上回見面是什麼時候？

對，兩年前，在舊中銀樓頂的 China Club。那次之後，很多人沒有再見到。如果不是陸西蒙要回布拉格，誰會在那裡過平安夜。

你說鍾小輝麼？我吻了她。呵呵，我的確不記得了。如果有，大概是在天臺上。中環的夜色太撩人。發布會後，她也消失了。恩，是的，她賣掉了義大利版權，不過翻譯得有些糟糕。

忘記Robinson吧。你大概難以想像，他已經四十五歲了。一個男人，應該在適當的年紀做適當的事。

好吧。我們可以開始了。

是的，那天我們在藝穗會附近分了手。我和陸西蒙從扶手梯拐下去。那是一條捷徑。蘭桂坊這時候人滿為患。「九七」之後，這一帶的酒吧大換血。以前常去的「Milk」，已變了「Dublin Jack」。風騷的菲律賓女歌手，自然不知所終。西蒙張望了一下，說，今天來這裡，真是老夫聊發少年狂。這已經不是我們的地方了。

一個男孩子，嘴裡叼著一根菸，搖搖晃晃地走出來，看我們一眼。走到牆角裡，旁若無人解開褲子方便。兩個女孩跟出來，拉了他一下。他一回身，爆出很粗的粗口。

突然的歡呼聲把他的聲音淹沒了。

西蒙說，或者我們應該去「蘇荷」碰碰運氣。

我說，還不是大同小異。就為了喝上一杯，走那麼遠。

說是這樣說，我還是跟上了他。

人其實一樣的多。外國人，中國人，不西不中的人。我們隨著湧動的人潮，多少有些格格不入，像兩個穿著周正的「耆英」。這樣一路走，因為與其他人身體的摩擦與汗液蒸騰，十分燥熱。先前喝的紅酒，也有些上頭。不知怎麼走上了石板街，人居然鬆快了些。我長舒了口氣，回過頭。發現西蒙不見了。

打他的手機，已經關機。我暗暗罵了一句。沮喪間酒也醒了，留在此地，已經無謂。但還是要走到半山，去搭計程車。這條石板路前所未有地長，到了盡頭，大約又已過了十分鐘。

在和雲咸街交界的地方，我看到了熟悉的琥珀色燈光。

這是我曾經幫襯過的小餐廳。「Mrs. Jones」，得名於 Billy Paul 的名曲〈Me and Mrs. Jones〉。自然，餐廳的背景樂多半是爵士，和金綠色的街招相得益彰。記得招牌菜有 Gnocchi Ragu 義大利燉肉配薯仔粉團。母親似乎很欣賞。味道好，價錢也算公道。

但今天，音樂卻和著隱隱風笛的聲音。仔細看了一眼，才發現已人是物非。店名轉作「KILA」。大概是愛爾蘭風味的小酒館。影影綽綽的幾個人，在這樣的平安夜，已很寥落。

我不知道為什麼會走進去，並且坐定，要了杯威士忌。店主很年輕，生著捲曲的黑頭髮，說洋腔調的廣東話。我有了一種猜測，於是向他打聽起「Mrs. Jones」。果然，他告訴我，原先的老闆是他的伯父。去年三月退休回了杜林，並且在半年以後去世，也算是落葉歸根。我有些唏噓，也就懂了，這店裡陳設，大半都沒有改變。爵士雖是過去式，琥珀色主調保留下來，餘韻猶在。

這時候，有人打開門，帶進一陣風。

這風的寒涼裡，有種氣味，游絲一般，卻讓我驀然清醒。這氣味與我的職業敏感相關，是一款久違的香水。雖然當時我的頭腦困頓，還是立即想起了它的名字，「午夜飛行」。

你們這一代人，大概對這支香水，不會太有印象。早已停產的款。但若講起它的出典，並不會覺得陌生。有關《小王子》的作者聖—艾修伯里的傳奇。他還有另一個身分是飛行員，航空冒險家，曾經為法國開拓過九十二條新航線。一九三一年，出版了《午夜飛行》，主人公在南美洲的最後一次飛行中失了蹤。消失在天空盡頭，很壯美，不是嗎？因為這部小說，兩年後，Jacques Guerlain 調製出了叫做「Vol de Nuit」的香水。二戰結束的前一年，聖—艾修伯里重現了小說人物的命運，在為盟軍執行空中偵察任務時一去未返，下落不明。

一九三三年。這氣味是屬於久遠前的。我回轉過身，尋找它的來源。靠窗坐著一對中年夫婦，沉默地喝酒。穿著皮衣的年輕男人，留著隔夜的鬍渣，面前是吃剩了一半的三明治。靠他左邊的眼鏡仔，皺著眉頭，把一疊《維城日報》翻得山響。

這氣味近了。「Gin martini, please.」我聽到的聲音十分微弱。我抬起頭，看到一個很瘦的身體，靠著吧台坐下來。是個女孩。披著很厚的喀什米爾披肩，上面有紫色的暗花。花瓣大得似乎把她包裹了起來。「Gin martini, please.」她蒼白著臉，又說了一遍，依然很輕的聲音。酒保沒有聽見，她低下了頭。「Gin martini.」我重複了一遍，酒保轉過臉。「For this lady.」她的臉也轉過來，我對她舉了舉杯。她的眼睛裡有些笑意，怯生生的。雖然被額髮遮掉了一半。我還是看見了，一張十分年輕的臉。

她是這味道的來源，「午夜飛行」。我的確感到詫異。好吧。氣味與人，有自己的邏輯，類似一種可預見的順理成章。比方 **Germaine Cellier** 的手筆 **Bandit**，硬朗不羈，與 **fairy lady** 無緣，**To Have and Have Not**，需以皮革壓陣，絕處逢生。**Serge Lutens** 的 **Feminitè du Bois**，騎鶴下揚州。孤寂落寞的招魂術，好似資生堂時代的山口小夜子。

「午夜飛行」的主人，氣質應有厚度，並非暗夜妖嬈，而是曾經滄海。這女孩的稚嫩羞怯，與這氣息間的衝撞，在我看來簡直稱得上荒誕。她很小心地喝酒，眼神有些散。在一曲終了的間隙，我說：你用的香水，是你母親的吧？

我盡量問得不經意，她還是似乎嚇了一跳。她側過臉，對我笑了笑，笑得很虛弱。然後沉默著搖一搖頭。

在我覺得自討沒趣的時候。她站起了身，裹了裹披肩，走到我身邊緩緩坐下。那你覺得，我該用什麼香水？**J'adore**，還是 **Coco Madamoiselle**？

她細長的眼睛裡，突然有了一種光芒，雖然稍縱即逝。

我說，你可以試試 **L'eau D'Issey**，會清澈一些。

可我只喜歡這一支。她說。

我一時語塞。於是轉過頭，和酒保聊起天。酒保似乎有些心不在焉，眼光向女孩的方向瞟過來。

突然，遠處的鐘聲響起。接著有歡呼聲。煙火星星點點的光，散落在落地的玻璃窗上。

零點了。酒保說。

新年快樂。我舉起了酒杯。

Amble rum。女孩說，還有一杯給這位先生。

我說，謝謝。

女孩說，你的杯子快見底了。

她說完淺淺笑了一下。笑得很好看，略微欠缺生動。

為「午夜飛行」。她抬起手碰了一下我的杯子，發出悅耳的聲響。

我不記得酒館在什麼時候打烊。因為我醉得近乎人事不省。但我記得在黑暗中有人撐持。我觸到喀什米爾柔軟的質感，並依稀看到了巨大的紫色花瓣。

我張開眼睛的時候，首先看見了壁爐裡的火。很久沒看見這樣明豔灼人的火了。濃烈得聽得到燃燒的聲音。

我是在一個陌生的房間裡。靠近壁爐的地方，米色的牆紙捲曲剝落，看得出經年老舊。牆上是一張中東波斯掛毯，顏色已有些黯淡。在火光裡，看清楚了是個衣飾華麗的男人跨騎在馬上，神態肅穆。馬匹體型豐腴，卻生了一顆女人的頭。屋內的其他陳設，也是中西合璧。混搭之下，斑斕且落拓。我正以不甚舒服的姿勢斜躺在沙發上，近旁是一張明式紅木圈椅。椅子上散散擺著一些書。《魯拜集》、托馬斯・沃爾夫的《Of Time and the River》、還有一本威廉・布萊克的詩選，覆著山羊皮的封面。我撿起來，手指撫摸了書面燙金字的凹凸，翻開來。

這時候，面前出現了一個人。我抬起頭，看到那個女孩。她已換了齊身的睡袍，仍披了寬大的羊毛披肩。大概是太溫暖的緣故。兩腮泛起了一抹紅暈。我這才發現，她是一個美人。

你醒了。她說。

這是在哪裡？我問。

我的家。她認真地用手指插進了頭髮，疏通了打結的髮梢，然後說，你醉得很厲害。

我說，謝謝。

她回過身，彷彿自言自語，我想你應該餓了，我去拿些吃的。

這時候，她的睡袍波動了一下，空氣中瀰漫起熟識的氣息，迅速融進了這房間的陳舊裡去。

她端來一些曲奇餅，上面點綴著新鮮的藍莓。還有餘溫，應該出爐不太久。味道不錯。香味間有一種奇異的澀，刺激了味蕾。

放了一些大麻。這對宿醉的人有好處。她說。

為了表示領受她的好意，我大口地吃下去。苦澀成為某種牽引，讓我的胃口驟然好起來。當我意識到自己正形成漂浮的錯覺，不得不承認，這是十分美好的體驗。然而，漸漸地，口腔間有了鬱燥感。灼熱難耐，呼吸似乎也無法保持平緩。身體的一部分，好像要在這溫暖的房間裡，突圍而出。

我艱難地對面前的人伸出了手，好像在水中尋找救援的人。

我在昏暗的陽光裡，再一次醒來。首先聞到的，是灰塵的味道。頭劇烈地痛。這味道是來自身上蓋著的羊毛毯，同時這毯子與我的身體發生輕微的摩擦。我才發現自己不著一縷。

我艱難地用胳膊肘支撐了一下，想要坐起來，身下的床過度鬆軟。在這一瞬間，我看到了窗檯上的照片，鑲在鍍銀的相框裡。

照片上是一對男女，都生著黑色的茂盛的頭髮。男的穿著軍裝，面目嚴肅成熟。年輕女人在微笑，齊眉的劉海。雖然已泛黃模糊，我還是辨認出了這張臉孔。

照片是有年頭的，很快我的想法得到了印證。在右下角，有極小的鋼筆字，寫著一九六六年七月。

一杯熱牛奶擺到我面前。

這是你的母親，是嗎？我將照片擱回了窗檯上，很小心地。

有手指輕柔地撫在我赤裸的肩膀上。

不，這是我。

我感到肩膀抖動了一下，沒有勇氣抬起頭。

她坐下來，捧起我的臉。我沒有選擇地直視她。

少女的臉龐，在晨光裡是瓷白的潔淨顏色。「聖誕快樂。」她說。

這張臉下面，我看到了一節枯乾的頸項。褶皺的皮膚下，是微微發青的血管。

我的餘光，落在她的手腕上，有淺淺的老人斑。

我聽到的聲音，柔弱而清晰。

是的，這是我結婚那年的照片。我二十歲，里昂二十七。第二年冬天，他參加了越戰，三個月後在戰場上失蹤。我們再沒有見到。

她撩起披肩的一角，在相框上擦了擦。然後掰開了相框背後的錫釘，取出一只壓扁的硬紙殼，金色的香水包裝盒。

我還是收到他的最後一份聖誕禮物，從香港寄來。他並不很懂香水，不是麼？不過我也已經用了四十多年了。

她緩緩走到壁爐前，打開一只玻璃櫃。雖然有她身體的遮擋，我還是看見。整齊擺放的一排方正的瓶子。大都是空的。琥珀色的螺旋槳標識，鐫著 Vol de Nuit。她拿出其中一只，向空中噴灑了一下。

鼻腔裡充溢著氣味，新鮮、前所未有地濃烈。

這是我可以做的，我的積蓄，還夠保持他臨走時候的模樣。她摸摸自己光潔而缺乏生動的臉，手指神經質地彈動了一下。憂愁地笑了。

我穿好衣服，沉默地離開。外面並沒有很多新年的氣氛。荷里活道上的唐樓面目相似。我回過頭，剛剛走出的是哪一幢，已經不記得了。

好的，讓我回一下神。是的，沒所謂。你隨意好了。

Chapter 3　郭羨漁

這裡不錯。是，音樂也好。Beatles……沒關係，我就是覺得這樣很好。

EMI出過一張紀念專輯，就叫《Yellow Submarine》。嗯，Mario Kiyo，好像是唱〈Hey, Jude〉。對，還有崔健。

藍儂也死了這麼多年了。藍儂死了，是可以接受的事實，就像可以接受麥卡尼去做愛心大使。

謝謝。茶不錯。我有那張藍儂拈花一笑的明信片。發行量很少，眞的，現在應該叫限量版。昏黃的調子，一枝玫瑰，藍儂笑了。「拈花一笑」是個主題，嗯。沒有人告訴我，是我自己發現的。你看，Elton John也拈過，Bob Dylan也拈過。王爾德也拈過，不過他拈的是一枝很大個的向日葵，王爾德大約總是不流俗的。

你問我麼，我也不知道。可能會是一種蕨類植物罷，花小一些沒有關係，但葉子要大些。對，這樣就比較好，最好葉片也厚實些，拈著心裡會比較踏實。我不知道，可能會產在非洲的雨林罷。雨林不產麼，哦，對不起，我對這些沒太多概念。但是我喜歡雨林。濕漉漉的，有段時間是濕漉漉的，叫黃梅季節。哦，我家不住在城南。

家鄉菜平實了些。我喜歡吃豬手，我覺得叫豬蹄其實更開胃。對，我很喜歡吃，「髮菜豬手」現在有了新名字，叫做「穿過你的黑髮我的手」。德國那種是搭配白蘑湯的。對，用黑椒。很大，吃完了有成就感。要是你一天什麼也沒有幹，我建議你去吃一隻豬手，這樣你會覺得一天總算做了一件事。

我也想過。一部電影，是個應該叫藝術探索片的電影吧。一個叫 Takki C.Y. 的美國導演。是，華裔。記得男主角總是說：「我心裡有個小世界，沒有人懂得，我自己也是。我要找個人，去讀懂它，然後和這個人一起度過餘生。」我當時想，小世界如果說出來，就太大了。嗯，是，你說的那個人是 David Lodge。不，不相干的，那個是講英國學術腐敗的事情。呵呵，我的口氣一本正經了。嗯，我受的教育有些特別。沒有，我幹嘛要拷問自己的靈魂，我用這一半思考時，那一半是不存在的。

讓我用一個比喻形容愛？呵呵，別致的問題。嗯，你穿過翻毛的大頭皮鞋麼，我想愛就應該毛茸茸地包裹著你罷。有時你會感到太焐腳，可外面總是很冷的，你又會穿上它。我不能肯定。你知道巴雷什尼科夫，他有一雙鞋，穿了二十多年。不過話說回來，俄國的東西總是耐用些。外公有個很大的剃鬚刀，現在還能用。是，很響，像割草機。

別問我罷，我不知道的。也許作爲一個人，我太不實用了。作爲情人也不見得好。是啊，我不是沒有進入到現實的願望，總是要生存的。可是，現實對於我，就像個大水珠，有張力的，你明白麼。張力把我擋在外面，如果硬是擠進去了，就溺死在裡面了。我說的，是螞蟻。我小時候以很多不同的方式殺了許多螞蟻。誰知道呢，我養過兩隻烏龜，叫大福二貴，我對牠們很好。牠們只吃蝦米。

不用客氣，我自己來。你對這個話題感興趣麼？我還養過一隻蠑螈，叫卡卡。哦，你是指這個，殺害。我明白你的意思。誰都會有些黑暗的東西，這好像在爲自己開脫了。你聽過Doors的一首歌麼？是一個弒父戀母的故事。喜歡，不過，那太張揚了，內斂些的。譬如？讓我想想……是野村芳太郎吧，簡單又沉靜，罪而美的調子。哦，你的意思是，那些人動輒拿弗洛伊德說事兒。呵，你說傅柯，好些罷，好在多些以身試法的勇氣。哦，你是說那一篇？是的，很短。哦，你帶來了。你希望我來念麼？好的。錄音？不必了吧。你已經打開了？不是需要聲情並茂的文字。

π在午夜接到一個電話，對方問：「殺了一個人之後怎麼辦？」

π想了一陣，說：如果是我，會這樣。

我會將他支解，

之後放進一只皇冠牌的密碼箱。
我會去一趟西藏
那裡有許多天葬台
也有許多長著翅膀的天使在靜靜地守候
當最後一隻白額鷹在天空中
盤旋了一周
落在了我的肩上
我會為牠擦淨喙上的血跡
然後
轉身離去

π說完這些，聽到電話裡只剩下忙音

第二天下午，π去了購物中心
他要出差，他需要一只皇冠牌的密碼箱
導購小姐告訴他，所有的密碼箱在今天上午全部賣完了，包括皇冠牌的。
真的一只也沒有了嗎？他問
小姐抱歉地笑了，真的……其實還有一只，但我要留給自己，因為最近，我要去一次……西藏。

什麼，恐怖的詩，這倒是個有趣的提法。不過，現在看來，應該幼稚得很吧。

你指的是——冷漠，是麼。你看過那個片子叫《一江春水向東流》麼。是，老片子。她已經不恨了，她只是想冷漠，但是，她連冷漠的權利也沒有。沒有，他們談不上幸福不幸福。父親是個很單純的人，對誰好都是實心實意的好。母親呢，總想保護家裡所有的人。愛罷。可是什麼叫愛呢，我無所謂。是的，完全沒有了，是一種自我防禦系統的失控狀態。我如果失望了，就是徹底的失望。沒有什麼好不好，我自己也不知道。

嗯，喝口茶罷，要涼了。

對不起，我有些走神了。你，剛才說什麼？

哦，還要錄另一個麼？快去吧。不客氣，該是我謝謝你，這裡的貓舌餅做得——很地道。

Chapter 4 路小鷺

你說的，是這一段麼，要讀出來？往事？你可沒說要讀出來。嗨，你懂得什麼叫大音希聲嗎？

那好吧，既然你堅持。

初中時候，物理老師有個變態的習氣。就是發給他們一個所謂「默寫本」，每堂課之前，默寫物理概念若干。這本是毫無新意的創舉，但是，自然科學家在物理領域的探索成果顯然沒有達到用之不竭的程度。於是，各種概念禁不起反覆折騰，終於淪為考驗記憶的無聊手段。在同一本默寫本上第四次出現「比熱」的時候，他終於忍無可忍。在「比熱」一詞後面寫道：請見前二十八頁。

他始終是個不怎麼合常規的人。九七年直播香港回歸的時候，他在宿舍裡看鐵伊的偵探小說；世界盃萬人空巷，他跑到街上去打電動。他是個對湊熱鬧深惡痛絕的人。這是個矯情的習慣，但是在他，卻是自然的事。

所謂劍走偏鋒。

他好像也總和人生隔著。不是他在過人生，而是人生驅著他走。不是水乳交融，卻又不是兩不相關。不清不楚，脫離不開干係。

那年的世界盃。蘇格蘭對巴拉圭一場他看了，在遊戲機廳裡看，手裡仍然沒閒著。開場兩分鐘，貝克漢一個任意球，巴拉圭隊員一頭蹭到自己門裡去了。接下來，螢幕上總是出現英格蘭對巴拉圭一：〇的字樣。但下面的小字，寫著進球隊員是巴拉圭4號。他想，這個4號死的心都有了。接下來一分鐘，守門員也受傷下了場。他想，這真是球如人生。二米〇三的Crouch，違反自然定律似的，一點都沒有大型動物的蠢笨。還和人比腳下的小球。帶球過人，技術細膩。解說員嘴碎地說，「喲，大個子也會繡花……」這場比賽的觀賞性，莫過於此。

他記得。某天，那個女孩，手裡夾著一支菸，說，歐文爬出了世界盃。

為了這句驚豔的話，他談了一場戀愛。

每個戀愛的人，都讀詩。他坐在抽水馬桶上，對她說，暴雨，就是聲與光的一場大邂逅。

女孩將空掉的指甲油瓶子，扔到他臉上。你們這些男人。叫女人自相殘殺。然後她開始笑，笑得很瘆人。

她手裡揚一張報紙，頭條關於日本女性專用火車廂。為了防止風化的舉措，出其不意暴露出年齡歧視。在成見裡，只有年輕女性才會常被非禮，這節火車廂成為學生或白領麗人的專用車廂。如果中年婦進入，會引起年輕乘客的嘲笑。

他們做愛，電視裡在播新聞。「北韓試射導彈敗，周邊國家齊譴責」。他支起耳朵，說，這個標題怎麼好像打油詩。

北韓醞釀多時的試射導彈行動終於在昨日凌晨實行，在數個小時內連續發射六枚中、短程及洲際導彈，在瓦解對行動表示譁然及譴責之際，北韓再多射一枚導彈，全部導彈都因發射失敗而墜海，全球股市受消息影響而普遍下跌。

他在她身上不動了。然後起身，穿衣。將電視關上，點起一根菸。

她問他，你怎麼了？

他說，在這個時候說什麼試射失敗。太殺風景。

她又開始笑，沒心沒肺。

而這次，他並沒有失敗。她懷孕了。

她說，要不要生下來？

他說，沒所謂。但是你必須要想清楚。我可能會在某個上午消失不見。

她笑。她說，我會將他養大成人，向他灌輸仇恨。然後去找你。那時候你落魄地躺在垃圾堆裡，然後看到衣著光鮮的他。他向你伸出手，說，爸爸，我們又見面了。

他說，太韓風。劇情應該在你這裡改寫。我只不過是個風流的殺手。而你的丈夫為你買了一份高額保險。並且雇用了我。你起居正常，無懈可擊。為了殺你，我愁腸百轉。

這時你的丈夫給了我提示，因為你對盤尼西林過敏。於是，我輾轉成了你的情夫。在一次有預謀的服藥後，我與你做愛。沒有用保險套。你說，你要為我生一個孩子。藥物隨我的體液成功地進入你的血液循環……

好了。她笑著打斷了他。你怎麼會有這麼邪惡的想法？

他說，你看的電影太少。想像力也不夠豐富。

她說，留不得了。明天陪我去醫院。

他坐在小診所的婦科門口，手裡捧著PS2。夕陽西斜。一個面相老成的男人向他側目。然後說，小兄弟，你才多大。就搞出人命來了。

他笑一笑。說，其實，我有預感，搞得好的話，是兩條人命，應該是對雙胞胎。

她沒能再出來。因為對流產麻醉劑藥物過敏。

多年以後，他偶爾會想起曾經說過的那個不祥的故事。這個故事和她進入手術室前給他的微笑嫁接在一起。

她很瘦，手術服在身上，好像一只淺藍色的燈籠。

喂，我念完了。

你怎麼不説話。這故事有點兒不靠譜。其實，你錄這些，作什麼用。不如去錄鳥叫。你知道嗎，我前陣子看到有個人站在什科湖，站了一整天，錄風從湖面吹過的聲音。你錄這些，太沒個性了。

喂，你怎麼不説話。

德律風

她

我再也沒有等到他的電話了。大約每次鈴聲響起的時候，我都會心裡動一動。終於動得麻木了，只是例行公事地跳一跳了。

他

我很想，當我走出來的時候，那些人看著我。我突然喊起來，我想再打一個電話，可是，沒有人理我。那個攥住我手的員警，很同情地看了我一眼，然後說：夠了。

當我來到這座城市的時候，天氣很好。

天已經很暗了，但四處還都亮著。城裡人，到這時候，就精神了。我倒睏得很，村裡的人都睡了罷。俺娘還有俺妹，該都睡過去了。俺聽人說，有個東西，叫時差。就是你到了一個地方，人家都醒著，你直想睡。俺該不是就中了時差了吧。

都這麼晚了，城裡人都走得飛快。操，都被人攆屁股了。我就坐下來。水泥臺階瓦涼的，又沒涼透，不如咱家門口的青石條門檻涼得爽利。

這麼多的腿，在眼前晃來晃去地走，俺有點兒頭暈。就往遠處看，遠處有五顏六色的燈，有的燈在動，在樓上一層層地趕著爬。那樓真高，比俺們村長小三層都氣派。可是，那樓能住人嗎，這麼高，怎麼覺得暄乎乎的。二大家的大瓦房，都夯了這麼深的地基。看不到頂的樓，得咋弄，得把地球打通了吧。鄉裡的地理老師說，我們是在北半球，那打通了，就到南半球去了。南半球是啥地方，是南極嗎？我讀到小四，記得語文有一課講南極，什麼「南極勇士」。

我坐得屁股麻了，站起來。城市真是跟過節一樣，到處都是熱鬧勁兒。迎臉的樓上，安了一個大電視。電視上的小轎車跟真的一樣，直衝著開過來，嚇了俺一跳。車上的人一笑，一嘴的大白牙，都跟拳頭這麼大，怪瘆人的，哈。李豔姐嫁到鎮上去，跟俺們說他家有個大電視。比起這個來，可算個啥？

她

我從窗戶望出去，能看見對面的樓。那樓這樣高，成心要看不起我們住的地方。樓上刷了一面牆的廣告，廣告上的外國女人，也高大得像神一樣，成心要看不起我們的。歡姊說，她身上的內衣，要兩千多一套呢。就這麼巴掌大的布，什麼也遮不住，兩千多一套，要我接多少個電話才夠。她那樣大的乳房，挺挺的，也是霸氣的，配得上那身鮮紅的內衣了。

小時候，聽七姥說過鎮上姊妹的事。七姥還住在鎮西的姑婆屋裡，像是祠堂裡的神。

七姥的頭髮都掉光了，姑婆髻只剩下了個小鬏鬏。她說她自梳那年，天大旱，潭裡的魚都翻了眼。可就是那年，翠姑婆犯下了事。七姥瞇著眼睛，對我們說，那個不要臉的，衣服給扒下來，都沒戴這個。七姥在自己乾癟的胸前比一比。我還能記得她渾濁的眼突然閃了光。七姥說，真是一對好奶。翠姑婆給浸了豬籠，是因為和下午公好。翠姑婆沉下了龍沼潭，下午公不等人綁，一個猛子扎下去。誰都不去追。半晌，遠遠看見他托著豬籠冒了一下頭，再也不見了。後來，聽人說，在江西看到了下午公，給人拉了壯丁。翠姑婆也有人見過，說是掂了一個缽，在路上當了乞婆。也有人講她和一個伙夫一起，開了個門面賣她自己。七姥每次說到臨了，就對一個看不見的方向，啐一口，說，你們看，一個填炮灰，一個人不人鬼不鬼，都不如在潭裡死了乾淨。所以，人的命，都是天注定，拗不過的。五娘進來，擰了她的女小荷的耳朵往外走，一面說，你個老迷信，破四舊少給你苦頭吃了，又在這毒害下一代。小荷跟五娘掙扎著走遠了。七姥閉了眼睛，深深歎一口氣。現在想想，覺得七姥說的，其實是有一點兒對的。

七姥說，女人遠走，賤如走狗。沒有人信這個邪。鎮上的女仔都走了，走了就不回來。就算活得像狗，也不回去。

一算，我也出來了四年了。

四年有多長。對面樓過道裡的消防栓，兩年前都是新的，這也都鏽得不成樣子了。鏽了，到去年底大火的時候排不上用場。親眼見一個姑娘從樓上跳下來，摔斷了腿。說起來也真是陰功。我們老闆娘說，那家娛樂城早晚要出事，別以為上面有人罩著，風水不好。

他

醒過來，脖梗子疼得不行。身上還蓋著一塊塑膠布。不知啥時候睡過去的。俺想起來，趕緊摸了摸下福。還好，東西都還在。昨天夜裡頭，走著走著，突然下起了雞毛雨。越下越大。我看到跟前的大樓挺亮敞，樓門口還有個大屋簷子。就跑過去，挨牆根蹲下來。誰知道個女的走出來，手裡拎著個笤帚，笤帚把在水泥地上頓了頓，攆我走。她用電影話說，快走快走，好好的一個城市，市容都讓你們這些人搞壞掉了。哦，俺們那就管這叫電影話。放映隊到俺們村裡放電影，裡頭人都說這樣的話。其實就叫個普通話，俺們說慣了。我沒辦法，就又跑出去。跑到另一個樓，是蓋了一半的。腳手架都拆掉了。俺後來知道，這叫爛尾樓。走進去，裡面還有幾個人。有個大爺坐在一摞紙皮箱上，正在點菸抽。看見我，順手遞過來一根。我說我不會。他說，男人哪有不抽菸的。就給我點上。我接過來，抽了一口，使勁地咳嗽。他哈哈大笑起來。隔了半晌，他在地上鋪了層報紙，又打開一摞鋪蓋，說，今天這雨是小不了了。又看我一眼，扔過來一件破汗衫和褲衩，說，年輕人，穿濕衣服過夜可容易著涼。這城裡看回病，金貴著呢。我笑一笑，接過來，又想起，衣服和褲襠裡有俺娘縫的錢。就還給他，把衣服緊一緊。他也笑一笑，說，鄉下人。

娘說，男兒金錢蛇七寸，得使在刀刃上花。這大清早，不知怎麼轉進了條巷子。一路都是賣早點的，油餅味，那叫個饞人。我在個包子鋪門口，噏一下口水。門口的小黑板上有字，一個肉包子三毛錢。我一想，這得俺娘賣多少酸棗才管夠。心一橫，轉身就走。這一轉，胳膊打在一團軟軟的東西上。我一回神，看見雙眼睛要把我吃下去。是個高個子的小女人，模樣不錯，頭上滿是捲髮筒子。她一隻手端著幾根油條，一隻手揉著胸口，衝我吼起來，要死喇，臭流氓。說完眼一瞪，說，挨千刀。就走了，邊走屁股還邊扭，扭得花睡衣都起了褶子。旁邊賣油條的翹起蘭花指，捏著嗓子學一句，挨千刀。然後衝我做一個鬼臉，說，小老鄉，你是占到便宜了。我哼一下，心想，小娘們兒。說話這麼毒，送給我我都不要。可這麼想著，胳膊肘卻有點兒酥麻酥麻的。

轉悠了大半個上午，日頭猛起來。一陣陣的汗出，也是心裡餓得慌了。俺大了膽子，走進一間鋪子。一進去，幾個年輕人就彎下腰，對我說，歡迎光臨。也用的電影話。這些年輕人都戴著圍裙，旁邊是個小丑樣的外國男人，長著通紅的鼻子。我輕輕問一個年輕人，這兒有活幹麼。

這年輕人皺一皺眉頭，向街對過努一努嘴。這時候一個顧客走進來，他便立即又換了一副笑臉。

我迎著太陽光望過去，街對過的路牙子上，有站有蹲了一群人。有男有女。臉色都不大好。一個高個兒剔著牙，腳跟前支著塊三合板，用粉筆寫著兩個斗大的字——「瓦工」。一個胖女人半倚在一輛自行車上，車頭上掛著個牌子，寫著「資深保母」。我就明白了，他們都是找工作的，等著人來挑。我也就瞅個空兒站進去。還沒站穩，身旁一個紫臉膛的男人就撞了我一下，惡狠狠地說，沒規矩。我一個踉蹌，不小心踩到他跟前的白紙上，「全能裝修」四個字用紅漆寫得血淋淋的，也是凶神惡煞相。他衝我揮一揮拳頭，剛才的胖女人趕緊把我拉過去，讓我站到她旁邊。一邊也歎口氣，說，小夥子，你也別怪他。誰也難，各有各的地盤。他早上五點鐘就站這，都站了有三四天了。我說，嬸兒，城裡工作難找麼。她就說，難，也不難。難是個命，不難是個運。

這兒在市口裡，來來往往的人多得很。停下來的人倒很少。偶爾有停下來的，就看得很仔細，在我們跟前晃蕩來逛蕩去。眼光在我們身上走，毒得很，好像在挑牲口。紫臉膛見人來了，就舉著白紙迎上去。倒把人家嚇了一跳。又站了兩三個鐘頭，就覺得腳底下有點兒軟。這時候走來了個戴墨鏡的男人，頭髮梳得油光水滑，看上去就是個大老闆。大家都來了精氣神兒，原先蹲著坐著的，這下全站了起來。我也暗中挺一挺胸。男人眼睛在人堆兒裡掃了一遍，向我走了過來。他突然一出手，在我胸脯上搗了一拳。我晃一晃站住了。我看見他嘴角揚了揚，然後問我，會打架嗎？我心想，哪個鄉下孩子小時候少過摔打。就使勁點了點頭。他將墨鏡取下來，我看見一張有稜有角的臉，眼角上有淺淺一道疤痕。我聽見他說，就你了。

他說，叫我志哥。

我跟著志哥走進一座金碧輝煌的大房子，跟宮殿似的。一進去就是炸耳朵的音樂，一群男男女女在一塊兒亂蹦達。

一個男的，說是行政經理，拿了套衣服給我。每個月四百塊，包吃住。

我穿上了，志哥「嘿」地樂了，說小夥子穿上還挺精神，真是人靠衣裝。我看了看窗玻璃裡頭，是個挺挺的年輕人。好像個員警，怪威風的。就這麼著，我這就是亞馬遜娛樂城的保安了。

她

對面的娛樂城吵吵嚷嚷的。每到這個時候，他們就活過來了。那霓虹的招牌，到晚上才亮起。白天灰濛濛的，夜裡就活過來，是一男一女兩個人形，隨著音樂扭動，那姿勢也是讓人臉紅心熱的。底下呢，停的一溜都是好車。人家的生意好，錢賺在了明處。歡姊眼紅，說這群北佬，到南方來搶生意，真是一搶一個準。說完就「呸呸呸」，說一群死仆街，做男人生意，還做女人生意，良心衰成了爛泥。姊妹們背裡就暗笑。誰也知道，她去找過亞馬遜的老闆，想讓人家把我們的聲訊台買下來，說，現在娛樂業併購是大勢所趨，互惠雙贏。還舉人家美國拉斯維加斯的例子，說要搞什麼托拉斯。人家老闆就笑了，說買下來也成，那我得連你一起買下來。歡姊是個心勁兒高的人，這兩年雖然下了氣，這點骨頭還是有的，就恨恨地掀了人家的桌子。後來很多人都說，去年底亞馬遜那把火是歡姊找人放的。不過，這話沒有人敢明著說，我們就更不敢說。

隔壁又吵起來了，左不過又是因為小芸練普通話的事。這孩子，為了一口陝北腔可吃盡了苦頭。有客打進電話來，沒聊幾句，聽到她說得彆扭，就把電話給掛了。上個月的業務定額沒達標，叫歡姊訓慘了。別人的普通話也不標準，像自貢來的妞妞，連平翹舌都分不清楚。可是人家說話，帶著股媚勁兒。說著說著，一句嗲聲嗲氣的「啥子麼」先讓客人的骨頭酥了一半。小芸是個要強的孩子，尋了空就在宿舍裡練普通話。跟著磁帶練。練得忘了情，聲音就大了，吵了別人。做我們聲訊台的，每天都是爭分奪秒地睡一會兒。我是上夜班多。有個客打電話來，說，你是個蝙蝠女。我就問他，怎麼個說法呢。他就說，因為晝伏夜出。我就笑了。這人說話文文謅謅的，我不大喜歡。可是，蝙蝠女，這個稱呼挺好聽的。

隔壁吵嘴的聲音停了，換了小聲的抽泣。我歎了一口氣。

聽見有人輕輕哼一聲，掀開門簾走了出來。是阿麗。阿麗是佛山人，和我是大老鄉。她在我們這裡是出風頭的人，工分提成最高，是業務狀元。姊妹們都看她不上。她倒是會和我說上幾句體己話，說自己是心比天高，身為下賤。賤不賤不知道，可是她真是紅。來了幾個月，把姊妹們的「線友」生生都搶光了。

底下有男人的叫喊聲。我看過去，是亞馬遜的保安隊在操練。這些年輕漢子，白天碰到他們也是無神打采的，到了晚上就龍精虎猛了。其實都是長得很精神的男仔，但臉上都帶了些凶相。人一凶，就不好看了。可是，他們老闆的對頭太多。不凶，又要養他們做什麼。看他們列隊，走步，走得不好的罰做伏地挺身，就好像每天的風景。可是今天，好像有些亂。我看清楚了，是因為有一個瘦高的男孩子，步子走得太怯，走著走著就順拐了。他臉上也是怯怯的，沒有凶相，是新來的吧。那個胖男人，走過去，用皮帶在他胳膊上使勁抽了一下。他一抖，我心裡也緊了一下。隊長吹了哨子，男人們都走了，就剩下這個孩子。一個人趴在地上做伏地挺身。我就幫他數著，一下，兩下，三下。他一點兒也沒有偷懶，每一個都深深地趴下去，再使勁地撐起來。

他

俺不知道為什麼要打那個電話，興許是心裡難受吧。

俺真不中用。這身上的皮帶印子也不長記性。一個人在這兒，心裡躁得慌。

這才一個來月，就惹了禍。

俺不知道自己那一拳頭是怎麼打出去的。那幾個客人欺負女孩子。俺不是看不過眼，可就是拳頭不聽了使喚。我把他的鼻子打出了血。老闆讓我滾，說看不出你平時這麼慫，這會兒倒英雄救美來了。你來了這才幾天。你知道你打的是誰，國稅局局長的公子。把你整個斬碎了稱了賣抵不過他一根汗毛。

老闆讓我滾。志哥說，這孩子剛來，不懂規矩，又沒個眼力勁兒。我看，先別讓他幹保安了。罰他晚上去監控房看場子吧，平時跟哥幾個多學著點兒。

老闆說，讓他滾。

志哥就笑了，說老闆您消消氣。我看這孩子挺單純，興許以後有用。前面找來那幾個，那邪興勁兒，您吃得消？

老闆就揮揮手，又歎口氣說，路志遠你就是婦人之仁，別怪我沒提醒你。你自己看著辦吧。

志哥說，以後放機靈點兒，這些人都是爺。權和錢都是爺。爺說話，不對也對。你，對也不對。

監控房，是娛樂城樓上的一個小房間。小是小，整個娛樂城倒瞅得清清楚楚。一字排開一排小電視，志哥說，這叫監視器。然後就教我怎麼用。最左邊的是兩架電梯，然後是經理室後面的樓梯間，財會室走廊，大包廂。我看見酒吧間裡幾個人影，好像喝高了，動手動腳的。就問，監視誰，搗亂場子的嗎？志哥笑笑，說，對。不過，打緊的倒不是他們，是條子。他指指中間的兩台，說，這是前後門五十米的地方，發現了可疑的人，就按這個紅鍵，每個包廂的燈就亮起來了。最近風聲緊，給他們突襲好幾次了。

我使勁地點點頭，覺得自己的責任還挺重大的。

一個人待在房間裡，才聞見有股子怪重的菸味。監控房原來是個叫小三的人看的，小三去老闆新開的桑拿做了。後來又有人說，他搞上了個不該搞的女人，給人斬了。

餘下的幾天，我就天天盯著監視器，盯得眼睛都痛了。可是，一個星期過去了，似乎也沒發生什麼事。螢幕裡的人，無非是些男男女女，女女男男。偶然看到點兒小糾紛，我還沒看清楚，保安就出來擺平了。

我有點悶了。

房間裡頭亂糟糟的，我就想，我來拾掇拾掇吧。

這兒到處是小三留下來的東西。半碗泡麵，裡頭還泡了幾個菸頭。抽屜裡有一沓影碟，一包開了口的炒南瓜子。空調線上掛著個褲衩，上面印了個女人的口紅印子。

我洗洗擦擦，又找來拖把，把裡外的地也拖了一遍。一個多鐘頭兒，收拾得也都差不了。

還有一堆雜誌跟報紙，都在牆角摞著。我沓成一沓，綁起來，歸置歸置想扔到門外頭去。又一想，就給拆開了。悶也是悶著，不如看看打發時間。

都是過期老久的報紙，上面沾了一層灰。翻開來，是前年初日本地震的事。日本神戶東南的兵庫縣淡路島，七．二級。應該是挺大的災禍吧，得有多少人遭殃呢。這張說的，是鄧麗君去世的事。鄧麗君是誰呢，我就讀下去。原來是這麼大的一個歌星。還有張照片，多好看的人哦，大大方方的。才四十二歲，可惜了。我就這麼一路翻著，看不懂的就跳過去。廣告也不看。廣告可真多，這頁又是廣告。有一排紅色的數字跳出來，是個電話號碼。底下有一行字：「挑逗你的聽覺，燃燒你的欲望，滿麗聲訊滿足你。」旁邊有個女人的上半身照片，穿得這麼少。我臉紅了一下，心也跳了一下。我望一望手邊的電話機，愣了一會兒神。我慢慢地按下那個電話號碼。通了，我一愣神，拿著聽筒。突然響起了一個女人的聲音：您好，滿麗熱線。

她

接到這個電話的時候，我正在犯睏。

值夜班是痛苦的事。凌晨的時候，電話響起來，聽起來特別瘮，我們就叫「午夜凶鈴」。可是「凶鈴」往往也是意外的收穫，這時候打電話來，要不就是很無聊的人，要不就是失眠的人。所以，往往和你聊起來沒完沒了，不可收拾。想想每一分鐘都是錢，精神也就打起來了。

電話那頭沒有聲音。

我連說了幾個「你好」，還是空洞洞的。這時候，突然聽到了粗重的喘息聲。我笑笑，心裡有些鄙夷。這種男人，我可見多了。

我說，你好。

對面這時候有了響動，也說，你好。

聲音似乎很年輕，有點發怯。

我說，這位朋友，歡迎撥打滿麗熱線。很高興您打電話來和我聊天，我是093 號話務員。

他的聲音壯了一些：你們，都管聊啥？

什麼都聊，聊感情，事業……生活，只要是您感興趣的，我們都可以聊。

啥生活？

隔壁的阿麗發出了輕微的呻吟聲，這是她的撒手鐧。想到這個月的定額還差一大截，我咬咬牙，說：性生活。

那邊沒聲音了。過了幾秒鐘，結巴著說，還有旁的麼？

我在心裡冷笑一聲：小朋友，家長不在家偷著打來的吧。快掛了吧，明天還要上學。

那頭愣一愣，問，啥？

我有些不耐煩，不過還是很溫柔地問，你滿十八歲了麼？

這回，他倒是回答得很快，好像有些不服氣，俺十九啦。

我決定和他多聊幾句，你有女朋友麼？

他猶豫了一下，說，你是說對象嗎？我原來有一個。後來她嫁人了。

我心裡飛快地過了一下，這是個俗套故事的開始，用我們的術語來說，有一定的業務潛力。

說起我們的業務，算是包羅萬象。職業敏感度都是鍛鍊出來的。歡姊說，打給我們電話的，不是心理有問題，就是生理有問題，再不濟的就是都有問題。所以，我們手邊也擺著那麼幾本業務書。頭疼醫頭，腳痛醫腳。檯面上是《心靈熱線》、《心理諮詢大全》，平常翻著充充電，再來不及就照本宣科。最好用的是《知音》雜誌，不動聲色地讀上個一兩篇，半個小時的話費就賺到了。碰上裝深沉的，就用佛洛伊德砸他。說幾句我們自己也不懂的雲山霧罩，電話那頭很快也就暈了。不過這半年，抽屜裡多了些「培訓材料」，「激情寶典」之類，以備不時之需。

好吧，那就留住他，多跟他聊一會兒。我就用很誠懇的語氣說，是怎麼回事，能和姊姊說說麼？

他輕輕地「嗯」了一聲，說，俺們兩家是鄰居，我跟她是小學同學。她叫林淑梅，小名叫丫頭。丫頭從小就長得好看，像個城裡人，全村人都稀罕她。可是她說她就喜歡我。他們家承包了鄉裡的果園，比俺家有錢。她說錢可以慢慢掙，人厚道最重要。俺家窮，家裡要勞動力，俺爹死第二年，學就沒上下去了。不過我跟丫頭說好了，她高中畢業，就娶她過門。可她爹把她許給了村裡馬書記的兒子。俺們就分開了。

我有些犯睏，忍下了一個呵欠。這是個女版陳世美的故事，我能編出一籮筐。不過為了保護他的積極性，我還是問，後來呢？

電話那頭是長久的沉默。在我準備打發他掛電話的時候，他的聲音傳過來：後來她離婚了。

他說，村裡人說，她過門後不能生，他男人就嫌她，老打她。後來她男人到外面做生意，帶回來一個女人，大了肚子的。就要和她離婚。在俺鄉裡，女人要做不要臉的事才離婚。可是，她男人要跟她離。她不願意離。她男人就不著家了，說不離就不回來。後來還是離了。俺就跟俺娘說，俺要娶她。俺娘就掩俺的嘴，說俺是單傳，娶回來了不生蛋的，就是頭鳳凰又管啥用。

我聽了有些氣，就說，你娘這叫干涉你的婚姻自主。

他說，俺娘不容易，一個人拉扯兩個孩子。俺們老丁家，香火本來就不旺。俺出來打工，就是為了掙錢。俺聽說，城裡有辦法醫不生孩子的病。等俺掙夠了錢，要帶丫頭來看病。其實，俺不想出來，俺想俺娘和俺妹子。俺娘說，出來了，就要出息，體體面面地回來。到時候，俺就把丫頭娶回來。

我在心裡歎了一口氣。這些年輕人到這裡來，心裡多少都有個夢，可大可小。我也是其中一個。這時候，我聽見很壓抑的聲音，從電話那頭傳過來。當我聽出來，這是哭聲的時候，也有些慌了神。

我說，你，還好吧？

他似乎鼻子嗡了一聲，說，俺，就是覺得自個兒太沒用。出來都一個多月了，什麼也沒幹成。

我說，你才十九歲，路還長著呢。

他說，姊姊，你有喜歡的人麼？

我說，你倒是問起我來了。有吧，我一把年紀了，你說我有沒有。

他說，他會娶你嗎？

他問得很認真，我暗暗地笑了一下，同時心裡卻一凜。為什麼這句話，我現在聽來好像笑話一樣。突然間，我突然想起了翠姑婆。

我說，他該娶別人了吧。恐怕孩子現在都有了。不過，不是他不要我，是我不要他的。我嫁給了他，估計這輩子就出不來了。現在的年輕人，誰不想出來看看。你是個北方人吧。你出來的時間太短，再過一陣子，你就只想以後的事，不想以前的事了。

這時候，我聽到那頭亂糟糟的，我聽見那男孩匆匆喊了聲「姊」，電話就斷掉了。

他

我遠遠地聽到李隊長的聲音，有些慌。李隊長一推門就進來了。

這胖子又喝得醉醺醺的。我不喜歡他，以前訓練的時候，他老用皮帶抽我。現在這傢伙拎著一瓶啤酒，闖進來。膝蓋頭碰在凳子上，「哎呦」了一聲。

他把酒瓶摜在桌子上，抬頭看一眼，說，小子，拾掇得不錯，換了新崗位了。我以前總來這兒找小三喝酒，現在叫個「故地重遊」。變樣了，認不出了。他從腰裡拿出一個紙杯，倒了半杯。又打開個紙包，裡頭是花生開心果，不知道從哪個客桌子上搜羅來的。他把紙杯塞到我手裡，說，喝。我擋了一下。他眼睛一瞪，說，媽的，老子叫你喝。這苦日子要沒有酒，可就更苦了。

我就喝了。我不喜歡喝啤酒。酒不酒水不水，一股子怪味。

他瞇了眼睛看了看我，說，你小子，有點正義感。我欣賞。可我要提點你一句，別跟錯了人。

我說，李隊，你醉了。

他哼了一下，說，我醉，我心裡明鏡著哪。那個路志遠，你知道他是個什麼人，別以為他替你說了幾句好話，以後就對他死心塌地。

我這兒，誰的黑底也有。他什麼人，當年也就是個「鴨頭」。哦，我不說你哪懂呢？什麼叫「鴨」，就是專跟女人睡覺撈錢的貨色。也就靠那襠裡的二兩本錢。如今好，變成公司的股東了。老闆都看三分面子，風水輪流轉嘛。

李隊赤紅了臉，眼神突然定了，然後趴到桌上吐起來。這下噴得到處都是。我一陣反胃，把頭扭到一邊去。突然，我僵住了，一把將他推開，舉著濺滿了髒東西的報紙衝出去。我把報紙放在水龍頭底下小心翼翼地沖。看見那個微笑的女人漸漸乾淨了，這才鬆了一口氣。

我把報紙貼在窗玻璃上，又把電扇調過頭，對著報紙使勁地吹。風過來了，報紙也就動了起來。女人的身體好像在輕輕地擺動，很好看。只是電話號碼的地方已經破了一個洞，不過不打緊，我已經記下來了。

我躺在床上，心裡有一種很奇怪的舒坦。月光透過了報紙，毛絨絨地照進來。我笑了一下，睡過去了。

又到了晚上，我照著志哥教我的，把昨天的錄影帶重播一遍，在筆記本上記下了幾個VIP的出入紀錄、消費時間、叫台號。志哥說，這幾個人，都是老闆的老交情了。有做生意的，也有當官的。老闆為這些人都立了一本帳，為他們好，也為我們好。

做完這些，我拿出白天買的信紙，給俺妹寫信。這是頭一回給家裡人寫信。本來想得挺好的，該寫點什麼。可是，手卻不聽使喚。寫了幾個字，就有一個字不會寫。俺心裡就有點惱。這樣花了一個半小時，才算寫滿了一頁紙。我裝進了信封，可沒有妹鄉裡中學的地址。我想一想，就寫了村裡小學校的地址。

客人差不多都散了。我抬起頭，看見窗戶上的報紙已經要乾了。我輕輕取下來，用剪刀把那個廣告裁下來，夾進筆記本裡。

我又撥了那個電話。通了，電話裡傳出一個女人的聲音，對我說，您好，滿麗熱線。

我說，我不找你。

電話那頭愣一愣，說，那你找誰？

我說，我找093號話務員姊姊。

女人乾笑了一下，好像對遠處喊，阿瓊，有個情弟弟要找你。接線。

電話傳來音樂的聲音，很好聽。然後我聽見有人輕輕地「喂」了一聲。

我說，姊，我知道你叫阿瓊。俺叫丁小滿。就是你們熱線的那個「滿」。

我聽到她發出很小的笑聲，說，我沒有問你叫什麼。

我說，因為俺是「小滿」那天生的。村裡的陳老師就給我起了這個名字。

她說，哦，你是昨天打電話來的小弟吧。昨天電話斷了。

我有些高興，想她還記得我。就說，是啊。

她說，你的名字不錯，俗中帶雅。你這個陳老師，是個有學問的人。

我說，陳老師是俺村裡最有學問的老師，可是……命也苦。

我聽到她輕輕地歎一口氣，沒有說話。

我說，俺村裡對陳老師不好。我聽俺娘說，陳老師老早就到俺村來了。俺村來了好多城裡人，那時候叫個「知青下放」，是毛主席叫他們來了。叫他們在俺村裡扎根。後來，陳老師就和大秀她媽結婚了。再後來，其他知青都回城去了。陳老師沒有走，大秀媽讓他走，他也不走。俺村裡的孩子，都是陳老師教出來的。俺是，俺妹也是。俺妹今年要初中畢業了，書念得好。陳老師說，考好了就去縣裡念高中去。俺家就算有個女秀才了。可是，陳老師在小學校，到現在還是個民辦教師。俺娘說，民辦低人一等。村長家的小五是陳老師的學生，初中畢業回來教書，現在都是正式教師了，吃公糧的。陳老師還是個民辦。

我突然有些說不下去，說這些給瓊姊聽，心裡一陣難受。俺出來的時候，聽村裡人說，陳老師得了不能治的病，叫肝癌。我去小學校看他，說是已經給送到縣醫院去了。村裡人都說，陳老師是累的。我就想起小時候上學，村裡的河水沒膝蓋深。陳老師守在村口，把俺們一個一個背過河去。俺學上不下去第三年，俺家也沒錢供俺妹了。也是陳老師給俺妹墊了學費，讀完了小學。

這時候，我聽見阿瓊說，很多有本事的人，命都不大好。我們廣東有個康有為，是個很有本事的人。就是太有本事，後來連家都回不了。

我說，他也是出來打工的嗎？

阿瓊笑了，說，不是，他是個革命家。他具體做過些什麼，我也不清楚。這些都是讀書時候，歷史老師說的，早忘了。我們廣東，出了不少革命家。孫中山你知道嗎？也是我們廣東人。

我臉上有些發燒，因為她說的這些人名字，我都不知道。我的文化水準太低了。

我就說，姊，你們家鄉真好，都是出名的人。

阿瓊說，我們廣東出名人，我自己家鄉倒也沒出什麼人。要說順德有名的，一個是電飯煲，三角牌，全國馳名。你看武打片麼，就是那個演陳真的梁小龍做廣告的。還有一個是老姑婆。就是一世不結婚的女人。這個叫「自梳」，有歷史，幾百年了。

我心想，在俺村裡，女子上了十五，媒人不上門，爹媽都急得團團轉了。哪還有說敢不結婚的人呢。這兩年婚姻法普及了，姑娘們當娘的日子，才緩了一緩。

我說，姊，當真不結婚麼？沒人管？

阿瓊想一想，說，管不了吧。女人自食其力，有了錢，誰也管不了。我們那的自梳女，犀利的孤身一人就下南洋去了，比男人豪氣。我來這兒前兩年，我們鎮上來了一群外國人，做什麼研究課題，還去採訪我們鎮上的七姥。說我們順德，是亞洲的女性主義萌發地。

我不知道啥是女性主義，但想一想，心裡不是個滋味，就說，女人沒個婆家，老了都沒有個靠。很可憐。

那邊格格格地笑起來。笑過了，聲音卻有點冷：看不出你小小年紀，頭腦還這麼封建。我就不想結婚，我沒覺得自己有什麼可憐。人不是都活個自己嗎？男人要是都靠得住，我們還要吃這碗飯做什麼？

我說不出話來，覺出她有些不高興了。我不知道我說錯了什麼，但就是說不出話了。

過了一會兒，我聽見她說，小朋友，你該睡覺了。我們有業務規定，我們不能掛客人的電話。你掛吧。

我放下了電話。

她

我沒有想到，他會跟我說起這個。這算是怎麼一回事。七姥跟我們說過，按舊俗，自梳女不能在娘家百年歸老。有些自梳女名義上嫁給一個早已死去的男人，叫做「嫁鬼」或「嫁神主」，身後事才可以在男家辦理，由男家後人拜祭。有些名義上嫁給一個男人，一世不與丈夫接近，寧願給錢替丈夫「納妾」。死後靈牌放在夫家，不致「孤魂無主」，這叫「守清白」。

我們鎮沙頭鶴嶺有座冰玉堂，文革時候給毀過一次。後來重新修了，我上去看過。擺得密密麻麻的都是自梳女的靈位，有些上面還鑲著照片。不知道為什麼，看這些照片，都有些苦相。眼神也是清寡的，或許因為長久沒有為男人動過心了吧。

老了都沒有個靠。很可憐。

我心裡顫了一下，來了這城市四年，我似乎真的沒有對任何一個男人動過心。不是沒有男人，是沒有對男人動過心。或許這樣，對這份職業是好的。這麼多的男人，打過來，都是假意，也可能有一兩個是真情。可是，如果跟他們假戲真做，人也就苦死了。

我想起了上次偷偷和一個「線友」見面的情形，苦笑了一下。那時候剛剛來一年，心還沒有死。

說起來，翠姑婆比我幸福，為她的男人動過心，哪怕最後是個死。

小芸靠在沙發上睡著了。我走過去，給她身上蓋了件外套。這孩子，昨天跟她的小老鄉男朋友在台裡大吵大鬧。上個月的業務紀錄，又是台裡最低的。練普通話有什麼用呢。她這火爆脾氣，是得改改了。我看著她的樣子，還是孩子氣得很。突然又有些羨慕她。年輕真好，脾氣都是真的。

小芸是接俞娜的班。俞娜做了半年，就嫁了人，嫁給一個煤氣公司的小主管。年紀卻不小，頂敗了一半了。俞娜走的時候，大家抱了哭成一團。俞娜後來又回來，抱著個剛滿月的小女孩，在她結婚半年後。她跟那男人分居了。歡姊說，不是不想收留她。可是這工作時間不穩定，怕苦了孩子。

要是，高中畢業那年，我嫁給那個賣蛤蜊的男人，現在也該有一兒半女了吧。舅母說我是讀書把腦殼讀壞了。現在想來，她好像是有一點對的。

我坐下來，點起一支菸。其實我很少抽菸，怕毀嗓子。嗓子是我們吃飯靠的東西。我的嗓子本來就不是很好，有點沙。可是，有個客人跟我說，我的聲音有味道，好像台灣的歌星蔡琴。

別人抽菸，是為了解乏。我抽菸，是因為睡不著。

這一天，丁小滿沒有來電話。

十一點三十分到十一點五十七分接到一個叫「歐文」的聽眾電話，約我見面，我好言好語打發他放了電話。一點五十八分到兩點五十九分接到一個王姓聽眾的電話，標準男中音，挺好聽，帶點磁性。他說要和我探討低地戰略導彈和洲際導彈基地的建設問題。這實在是有些難為我了，抱歉地請他掛了。其實，我是喜歡讀書人的，就是不大喜歡他們的迂勁兒。說起來，我弟明年就從技校畢業了，也算是個知識分子了吧。三點二十三分到三點三十分接到林姓小姐電話，湖南岳陽人。她想委託聲訊台介紹男朋友。稱自己芳齡二十五歲，中專文化，財會畢業，一六二公分，月薪兩千元。

他一直沒有來電話。

他再來電話，是在兩天後。

當時，我就著冷水，在啃一個麵包。一邊啃，一邊拿起聽筒。我聽到他怯怯的聲音：阿瓊姊。

我心裡忽然漾起一陣暖。

我說，丁小滿，那天，真對不起。

他不說話，很久才說，是我不好，惹你生氣了。

我就笑了，我說，我不是氣你，是氣我自己的命。你知道麼，我小時候，有人照周易卦過我的生辰八字。我這輩子注定勞苦，婚姻不利，刑子剋女，六親少靠。

他有些急地打斷我，你別信這個，命都是能破掉的。

我在心裡笑了笑，又涼下來。這鄉下的男孩子，有一點純。他也許是真正關心我的。

我說，你呢，這兩天還好嗎？
他的聲音有些沮喪。俺給俺妹寄的信，給退回來了，說是地址不詳。俺還指望按這個地址給家裡寄錢呢。
我說，你在信裡寫了些什麼，是重要的事麼？
他想一想，也重要，也不重要。
我說，怎麼個重要法，能跟姊姊說說麼？
他說，我念給你聽聽吧。我聽到那邊有悉悉簌簌的聲音，然後卻安靜下來。我說，喂。
我聽到他那邊笑了，笑得有些憨。
我說，怎麼了？
他輕輕地說，姊姊，俺覺得有點兒不大得勁兒。為什麼有的話，寫得出，卻念不出來。
我說，是什麼話呢？
他說，俺看你們城裡人，寫信前都要加個「親愛的」。我也寫了一個，可是想要念出來，怎麼這麼羞人呢。
我有些憋不住笑了。
他說，那我還是不念了。
我說，你從後面念吧。

他說，嗯。小妹，哥來了這一個多月了，想娘也想你。不知道你們好不好。哥怪好的。哥找到工作了，一個人每天看六個電視。你想李豔家裡才一個電視，哥每天看六個。啥人要進哥工作的大樓，都要先進這電視才成。你說哥管不管？

你的書讀得咋樣了。快考高中了，要上縣中得卯足了勁兒才成。你是咱家的女秀才。你還記得陳老師話不？咱村是要出大學生的。你上次跟俺說，班上的同學，有的報了技校，有的人要出去打工。你說，你也想出去看看。可是小妹，人得有大志向。哥就是因為上的學不夠，到城裡才知道有多難。學費的事，你別愁。有哥呢。娘年紀大了，眼神又不好。哥不在，你得多照顧娘。你上次問哥，在外頭闖出名堂了，還回不回來。咋個能不回來？咱鄉下人，最忌的就是忘本。哥不是跟你說好了，等有錢了，以後咱把後山緩坡的地承包下來，種上山楂。然後在村裡開工廠，做山楂糕，銷到省裡去，銷到外國去。咱娘的手藝就給留下來了。

對了，咱家的農藥用完了。哥跟農業站的大李說好了。給咱留了兩罐，你去跟他領。還有麥種，別貪便宜跟趙建民買。聽人說，他那個有假。農業站的貴，可是有個靠。到底是政府的東西。還有，你跟娘說，針線盒子底下，壓了去年收夏糧時候打的白條。去跟何嬸問問，看鄉裡今年有沒啥個說法。

你要是見到丫頭姐，跟她說，俺哥在城裡出息了。旁的都別說了。

聽到這裡，我心裡一動。

我問他，你不想你妹出來打工？
他說，俺妹要上大學的。
我說，你對你妹就那麼有信心？
他說，姊，俺也不知道。可是她留在家裡，俺放心。俺村裡出去的女子，要麼不回來。回來的，都變了。看啥啥不上，穿得都跟城裡人一樣。村東趙建民的姊姊，一回來，就給家裡蓋了三層樓，那叫風光。可是人家說，她是去城裡幹那個的。
我心裡「咯噔」了一下，但還是問他，幹什麼？
他吞吞吐吐，終於說，就是，跟男人睡覺換錢的。
這時候，丁小滿突然聲音緊張起來。他說，姊，我明天再跟你說。
電話就斷了。

他

看到那男人的時候，他正彎下腰，從懷裡掏出一個報紙包。因為他戴了頂帽子，我瞅不見他的臉。他的身形，也是影影綽綽的，看不清高矮。這個監控器裡頭，是經理室後面的樓梯間。不常有人去的。除了防疫站的人來打藥，要不就是我們叫來的搬家公司，要運大貨物上去。

我撥了保安室的電話，沒有人聽。

我有點兒緊張了。看見那個人已經打開樓梯間的大門。俺思想不了太多，就跑出去。如果抄近路的話，從監控室到經理室，得要穿過整個演藝大廳，然後從包廂的長廊斜插過去。

演藝大廳這會兒正是人最多的時候，外面請來的演員正在台上反串表演。男不男女不女。底下就是一些男男女女，摟的摟抱的抱。舞池裡頭人多得像鍋裡下的餃子，全是人味。俺只好閉著眼睛一個勁兒地往裡擠，突然有手在俺襠上摸了一把。一個女孩兒對我回頭笑一下，轉眼就不見了。好不容易到了包廂的走廊，已經一身大汗。這裡安靜了點兒。我緊步走過去。突然，聽到房間裡頭，有女人大聲喊叫起來。然後是男人的笑聲和喘氣聲。女人也笑起來。我繃緊的心放下了，臉上有點兒發燒。

我從五樓下到了樓梯間，正和那個人對上眼。這人長了一雙很苦的眼睛，眼角是耷拉下來的。他看到我，愣一愣，手裡的報紙包緊了緊。我看到，地上有一兩個菸頭。

我說，你是什麼人？

他抬起眼睛，看著我說，你不要管，俺是來討公道的。你讓黃學慶出來，俺是幫俺整個建築隊的弟兄討公道的。

黃學慶是我們娛樂城的老闆。

志哥跟我們說過，老闆的生意做得很大。他也是城裡幾個大樓盤的承建商。我看過一個，那樓也是高得不見頂的，據說蓋了好多年了。

我守在樓梯間的門口。他上前了一步，說，讓我進去。

他人長得很老相，可是聲音很後生。

我用胳膊擋了一下，說，你要見老闆，就從前門進。

他冷笑了一下，說，前門是俺們這些人進得來的麼？從去年底到現在，俺來了幾回，讓俺進過一回嗎？上個月一個弟兄拚了命要進，給你們打殘了半條命。

我說，老鄉……

他哼了一下，說，誰是你老鄉，你們都是黃學慶的狗。你讓俺進去，俺跟黃學慶說。

我讓自己站得更直了些。他慢慢地把報紙包打開，從裡面拿出個玻璃瓶子。我問，你這拿的是啥？

他不說話，擰開瓶子，脫了帽子，兜頭澆下來。我聞到了一股子汽油味兒。我心裡一緊，上去要攔他。他猛然地退後了一步。

我也退了一步，我說，老鄉，啥話不能好好說？

他的手停下來，掏出一只打火機。他眼睛閃了一閃，我看見有水流下來，混在了汽油裡。他說，兄弟，看你樣子不奸，是個厚道相。俺跟你說，話能好好說為啥不說？俺們從去年六月就等黃老闆發工錢，都快一年了。誰家裡不拖家帶口，凡有一份容易，誰願意走到這一步。

他垂下頭，用袖口抹一下眼睛。我要走過去。他一時把打火機摁在手裡，一時從懷裡掏出另一個小瓶子。恨恨地說：俺把話說頭裡，是黃學慶把俺逼到這一步，俺不為難你。你放俺過去。要不這是孝敬黃學慶的，就帶你一份兒。

我不知道瓶子裡是啥東西，但我知道，只會比汽油烈性。

他把瓶子舉得高了些。我壓低了聲音說，老鄉，你這是何苦。

他眼神黯了一下，清楚地說，活都活不下去了，還管什麼苦不苦。在鄉下是苦，至少還有個活路。

我趁他一錯神，撲了上去，要奪他手裡的瓶子。他身子掙了一下，瓶子掉到了地上，碎了。裡頭的水濺到我褲子上。一陣煙，褲子上就是一個洞。小腿鑽心地疼起來，像是給火燎了一樣。我顧不上疼，抱住他，一邊大聲地叫喊起來。

志哥帶我去醫院包紮。回到娛樂城，正見著公安帶了那人走。那人佝僂著身子，一步一挪。我心裡一陣發揪。

志哥說，你小子好命。這麼濃的硫酸，要是弄到臉上，這輩子就別想娶媳婦兒了。

一個保安過來，說，志哥，老闆要見小滿。

我們走進經理室。老闆見著我「呼啦」一下站了起來。志哥讓我過去。

老闆笑一笑，摸摸我的腦袋：這孩子，可比看上去機靈多了。讓他留在我身邊吧。

志哥說，小滿，老闆提攜。還不快謝謝老闆。

我輕輕地說，俺不想去，俺還想留在監控室。

老闆眼睛瞪一下，說，年輕人，不識抬舉啊。

我不敢正眼看他，話還是說出來了：老闆，剛才那人，怪可憐的。他要是抓進去了……要不，你欠他的錢，給他家裡人吧。

志哥低低地說，小滿……

老闆有些發愣，身子陷進他的老闆椅裡。突然哈哈大笑起來，笑得人有些發毛。一邊笑，一邊說，好小子，好小子。

突然臉一沉，對旁邊的人說，就照他說的做。

這時候門開了，李隊灰頭土臉地走進來。昨天他跟老林值班，兩人賽著喝，到後半夜都醉得不成樣子，電話響也沒聽見。

老闆走到他跟前，很和氣地看他一眼，然後說：酒醒了？

李隊埋下頭，沒有話。

老闆一個巴掌扇過去。

一巴掌扇得這胖子一個趔趄。

老闆的聲音變得冰涼冰涼的：再有下次，不是場子執笠，就是你滾蛋。

晚上，志哥叫人給我送了台真的電視來，說是老闆獎給我的。說正好晚上有香港的回歸儀式看。電視是卡拉ＯＫ包廂換下來的，比李豔家的那個還大還清楚。我一個一個台看，心裡歡喜得不得了。

我看著看著，心裡想，得給阿瓊姊打個電話了。

她

丁小滿來電話的時候，台裡只我一個人。

今天是七月一日。晚上轉播香港回歸儀式。歡姊說，應該沒什麼人來電話了。就留個人值班吧。我說，那就我吧。

香港要回歸了，普天同慶。

丁小滿來電話了。

我說，是你啊，在幹嘛？

他的聲音有點兒興奮，說，我看電視哪。

我就笑了，說，你不是天天都看電視？

他也笑了，說，這個，是真的電視呀。然後又沉默了一下，說，其實，你從來沒問過我是幹什麼的。

我說，我們有業務規定。如果客人不說，不允許打聽客人的職業。

他突然叫起來。哎呀，原來英國男的穿裙子啊。

我笑了，想他真是大驚小怪。我說，那大概是個蘇格蘭人吧。

他說，姊，一會兒就交接儀式啦。你看不？

我說，我們工作時不能看電視。

他說，哦，那俺說給你聽吧。電視上說是煙火表演。真好看，比俺過年時候放的鑽天猴兒好看多了。

他突然又叫起來。英國兵露腚蛋子啦，原來穿裙子沒穿褲衩兒啊，哈哈哈。

他興高采烈地跟我解說，我心裡突然有了一種歡樂的感覺。多年後，當我隨著一種叫做「自由行」的旅行團到了香港，看見了小滿在那次電話裡跟我描述英國人舉行降旗儀式的地方。站在和平紀念碑前，想像著大風吹過的情景，其實應該是難過的。

小滿漸漸覺得有些無趣。這儀式對他來說，是很枯燥的。他問我，姊姊，香港好嗎？

我不知道該怎麼回答他。

香港，與這個城市一河之隔。但是又遠得很，陌生得很。我能想起來的，可能只是一兩齣電視劇。《射鵰英雄傳》、《上海灘》、《霍元甲》。小時候，覺得它就像外國一樣。我穿的第一條牛仔褲，說是港版的。戴的第一副太陽鏡，是在鎮上買的，說是香港過來的走私貨，被海關罰沒的。中學的時候，班上男生有一陣神神花花地傳一本雜誌，後來給老師沒收了。說是黃色刊物，是香港的《龍虎豹》。

我說，好。香港叫「東方之珠」。

他說，好，那咋一百年前，咱中國不要了呢？

這個問題我回答不了。他不等我回答，就又問，香港那麼多外國人，是說外國話嗎？

我說，說英國話，也說中國話。中國話是廣東話。

小滿說，姊，英國話，「電話」怎麼說。

我說，telephone。

他重複了一下，舌頭打著結，說不出。

我說，老早前上海也說英國話。中國人說不好，就說中國話的英國話，「電話」就叫「德律風」。

這回他輕輕爽爽地學了一次，又說了一遍。高興起來，說，姊，俺也會說外國話了。

交接儀式是很漫長的。丁小滿仍然認真而忠實地轉述給我聽。他說，現在是一個滿臉苦相的外國人在台上說話。他是英國的王子。小滿又加上了自己的觀點，說，王子這麼老，那國王不是年紀都大得不行了。等他當上了國王，還能幹上幾年啊？

在他看來，國王也是一種職業。

當電視裡〈國歌〉奏響的時候，小滿大聲地跟著唱起來。他告訴我，他只會唱兩首歌，一首是〈國歌〉，是陳老師教的。另一首是〈信天遊〉。

以後，每到晚上的時候，小滿就執著地給我「講電視」。以他的理解，為我描述電視的畫面，並且加上他自己的一些判斷。電視劇裡，他喜歡看的是武俠片，就給我講《天龍八部》。他很欣賞喬峰的仗義，對他的愛情觀念也很敬佩。相對而言，情種段譽在他的嘴裡，簡直就是個一無是處的小混混。但是為了照顧我的趣味，他也會看一些言情劇。但是每到出現類似三角關係或者第三者出現的情節時，他就會表現出難以克制的憤怒，罵罵咧咧起來。小滿的解說是事無巨細的。在電視新聞與電視劇之間，有許多的商品廣告。他會跟我描述他所看到的圖像，然後在末了加上一句點評：都是誆人的。

就在這講述中，我對小滿的聲音產生了一種奇怪的依賴。是類似對親人的。

小滿有時候說累了，就把電話話筒放在電視機旁邊，讓電視的聲響盡可能地傳進我的耳朵。這時候，我聽到很小的咀嚼的聲音。

我問他，你在吃東西？

他說，姊，我餓了，我得吃點東西墊墊吧。

他把話筒放在嘴邊，問我，姊，聽見了嗎？

我笑了，聽見了，聽見你咂巴嘴了。

他說，大堂把剩的蛋糕，都給我了。

我問：好吃嗎？

他說，好吃。就是有點涼。姊，你會做飯麼？

我說，會。我做的最好的是「賽螃蟹」。

他說，姊，哪天你能做我吃麼？

我說，好。我做給你吃。

他在電話的那頭無聲地笑了。

這時候，我聽見他輕輕地說，姊……你想和我過日子麼？

我們都沒有再說話，我仍然在聽他吃東西的聲音。還有電視的聲音。一個女人在唱很悲傷的歌，聲音沙啞。我知道，是一個電視劇又結束了。

就在這個月末，我拿到了業務統計報表。我的話務量是一萬六千多分。是全台第一，獎金拿到了近三千塊。阿麗用一種異樣的眼神打量我。

我決定讓丁小滿不要再打過來了。

他

今天晚上，我看了一個電視節目，叫《幸福在哪裡》。說的是老兩口的故事。老太太得了一種怪病，叫做「進行性骨化性肌炎」。得了這種病，全身都僵硬了，變成了一個木頭人。老大爺就每天把老太太搬來搬去。吃飯、上廁所、去醫院。老大爺也很老了，有七十多歲了。搬老太太搬得很吃力。但是他說他不累，是很好的體育鍛鍊。

他們走了很多醫院，看了很多專家，都沒有用。老太太只有眼睛和嘴巴還有手指頭能動了。老先生給老伴兒發明了一個讀報器，可以用手指頭捲報紙看。老先生給老太太讀書。老太太是個退休的中學老師，老大爺就給她讀以前學生的作文。讀著讀著，老太太眼睛裡頭，突然亮一亮，眼淚從眼角流下來了。老大爺幫她擦眼淚，一邊不好意思地向鏡頭笑笑，說，大丫兒，徐記者在這呢，哭啥？老太太眼球轉動了一下，用很清楚的聲音說，我哭，因為我覺著幸福。

這個節目把我給看哭了。俺趕緊把眼淚給擦了，怕給人家看見。男子漢，不作興哭哩。

俺想把這個故事講給阿瓊姊聽。怪感動的。

晚上跟保安隊的小鄭和大全出去吃了麻辣燙。肚子老咕嚕咕嚕叫，跑了好幾趟廁所啦。這不，又叫起來了。

上廁所得下兩層樓。到了門口剛想進去，聽見有人說話。是李隊。

李隊說，我知道你不會放過我，不過沒想到你這麼陰。

要想人不知，除非己莫為。

是志哥的聲音。我心裡揪起來。

老李，你在演藝廳教手下的賣丸仔，這事是我壓下來的。你有數，罷手吧。

李隊「呵呵」地笑起來，你裝什麼好人。上個月我瞅見水箱裡少了一袋粉，就知道有人做了手腳。八成也是你。

志哥沒說話，李隊說，你放手。

志哥說，是我，沒錯，那是給你一個教訓。你是不知死，還是真傻。這玩意超過五十克就是個死。你死了十回了。

李隊的聲音，突然壓得很低：上了這條道，還怕死麼？都說人為財死。蝦有蝦道，蟹有蟹路。我比不過你襠裡的二兩肉，不想點兒別的營生，拿什麼養活老婆孩子。

你說什麼？志哥的聲音好像從牙縫裡迸出來。

李隊愣一愣，發出很奇怪的笑聲。這笑聲在廁所裡傳開，空蕩蕩的很瘆人。他說，路志遠，你以為你現在紅了。你和老闆老婆那點兒事，別人不知道？你就是個男婊子。

突然有很沉悶的一聲響。我闖進去，看見志哥把李隊摁在地上，拳頭狠狠地擂下來。地上有個塑膠袋，攤著一攤白白的東西，好像洗衣粉。都混在髒水裡頭了。

志哥抬起頭，看見我，一錯神。李隊使勁把他蹬開，從懷裡抄出一把電工刀，栽到志哥的胳膊上。

志哥嚎叫了一聲，撒了手。李隊一步步地朝他挨上去。他後退了一步，腳下一滑，人一仰，後腦勺磕在洗手盆上。我看見志哥的身子順著牆根兒慢慢地倒下來。

我不顧一切地衝過去，抱住了李隊。他沒有提防，摔在我身上，把我也壓倒了。這麼胖，壓得我喘不過氣來。電工刀也甩到一邊去了。李隊和我滾在了一起，李隊掐住了我的脖子，我使勁地掙扎，胸口越來越憋悶。一股子腥臭氣從嗓子眼兒裡冒出來，讓人想要吐。我的手在瓷磚地上使勁扒著，突然碰到了那把電工刀。我抓起來，猛地捅下去。

掐住我脖子的手，鬆開了。

我咳嗽著，推開了身上的人。他一動不動。我看著李隊趴在地上，眼睛睜得大大的。嘴也張著，好像要喊什麼。那把電工刀正插在他背上。保安服上是一大塊紫顏色，那塊紫越來越大地漫了開來。

廁所的水箱突然「嘩啦」沖了一下水，嚇了我一跳。然後是流水的聲音，從來沒有這麼大。

志哥也躺在地上，一動不動。我過去推了他一下。他的頭垂下來。

我站起來，一點點兒地往後退。

我不知道我是怎麼回到監控室的。

我坐了一會兒，抓起電話，手好像上了弦，撥了那個熟悉的號碼。

電話通了。

我心裡一激靈，把電話掛掉了。

外面的天，黑得透透的。

她

幾個公安走進來。

他們問我，你認識丁小滿嗎？

丁小滿三天沒有來電話了。

他們說，他們打出了亞馬遜娛樂城監控室的電話一個月來的通話清單。唯一的外線電話，是打給我的。

對面的亞馬遜娛樂城。

一個大鬍子的男人對我說，丁小滿最後一個電話是在七月十六日凌晨兩點二十五分打來的。他有沒有對你說什麼？

我搖搖頭。

男人的口氣重了：你要明白事情的嚴重性。亞馬遜娛樂城發生了一起凶殺案。丁小滿是最大的嫌疑人，現在畏罪潛逃。

我說，他會去哪兒？

男人說，我們也想知道。

轉眼間，大大小小的線路與儀器在我身邊布滿了。男人說，別緊張，這是電話定位追蹤系統。我們估計丁小滿還會打電話給你。你現在照常工作。到時候，你知道應該說什麼。

仍然是各種各樣的人打電話進來。但是，他們不知道，自己的每句話都在監控之下。他們仍然在電話裡頭，盡情暴露著自己。一個男人告訴我，他想和他的情人殉情，徵求我的意見，哪種死法既無痛苦死相又最好看。一個老太太懷疑她的女兒和女婿在琢磨她的遺產，問我如果偷偷捐給紅十字會，需要辦什麼手續。一個小姑娘告訴我她因為來月經受到了體育老師的嘲笑。她決定去教務處告他非禮用來懲罰這個自以為是的男人，雖然她其實暗戀過他。一個喝醉酒的男人，問我願不願意跟他在電話裡做愛。他說他可以付費，給他個卡號讓他把錢打過來。

我不動聲色地將他們敷衍過去。

大鬍子公安皺了皺眉頭，說，你的業務夠繁忙的。

到了午夜的時候，所有人都很疲憊，也包括我。

丁小滿的電話是在凌晨三點打來的。

他說，姊……

我說，小滿，是你嗎？

大鬍子公安一揮手，手下人立即戴上了耳機。定位儀的螢幕也開始閃動。

小滿說，姊姊。

小滿哭起來了。

我靜靜地聽他哭。這哭聲被儀器放大，在房間裡迴盪開來。

大鬍子做手勢，示意我說話。

我說，小滿，別怕。

我的眼睛好像被什麼擊打了一下，有很熱的水，從眼角流淌下來。

小滿沒有再哭，他也不再說話。突然，我聽見他聲音很清晰地說，姊姊，我想見你。

大鬍子使勁地對我點頭。

我說，對不起，我不想見你。

我將電話掛斷了。

大鬍子用幾乎咆哮的聲音說，你為什麼不見他。你知道你說這句話的後果嗎？

我從抽屜裡抽出一張「員工須知」給他看。

公司有業務規定，不允許私下約見客人。

手下人將定位報告拿給大鬍子看，來電所在地，是在城郊的一座肉聯廠。

他

我很想，當我走出來的時候，那些人看著我。我突然喊起來，我想再打一個電話，可是，沒有人理我。那個攥住我手的員警，好像很同情地看了我一眼，然後說：夠了。

她

我再也沒有等到他的電話了。大約每次鈴聲響起的時候，我都會心裡動一動。終於動得麻木了，只是例行公事地跳一跳了。

竹夫人

一

清明大雨。

謝瑛推了江一川從電梯裡出來，正看見了那個女人，站在家門口。

電梯門在她身後，悄聲闔上。女人見了她，迎上來，輕輕問，是江教授家裡麼？

她愣一下，點點頭，也問，你是筠姐？

女人笑一下，接過她的傘，說，仲介跟我約了三點。我想你們也是給雨耽誤了。

謝瑛這才想起道歉。一邊拿出鑰匙開門。

女人也就幫她將輪椅推進來。她把江一川攙扶到沙發上，一回身，發現女人已經把輪椅摺起來，齊整地倚了牆根放著。

謝瑛心裡就想，好一個爽利的人。

想完了，對女人說，先坐一坐。我倒杯水給你。

女人坐下來，又欠一欠身，說，不用了，往後日子還長，這些活兒，理應我來做。

謝瑛還是走進廚房，出來了。看女人正凝神望了窗戶外頭。雨又大了些。水跡都披掛下來。還有些光透了來，她的樣子就好像個剪影。齊耳的短頭髮，額也是飽滿的。謝瑛想，這人年輕時，是很好看的。

女人回了神，也發現被打量，有些不好意思，說，南京的雨還是這麼多。

謝瑛歎一口氣，說，是啊。還沒進黃梅天，就下得沒完了。今天去七子山看他爸媽，嘩啦一聲就下來，香燭化寶筒，全都澆滅了。

說完又問：你不是本地人？

女人正吹著杯子裡的茶葉，看著熱氣氤氳開來。聽到她問，就放下茶杯，說，我是安徽六安人。

謝瑛喃喃地重複了一遍，六安。

女人低一下頭，嗯，六安。別的沒有，產的茶葉是很好的。六安瓜片，不比這龍井差，下次我帶些來嘗嘗。

謝瑛笑一笑，點點頭。沒有再說話。

女人便站起身來，說，我先走了。明天早上九點來。

謝瑛起身要送，給她攔住。她一錯眼，目光停在江一川的臉上。

江一川呆呆地坐在沙發上，沒動靜。

二

這幾天，鄭醫生有些倦。

他總是對自己說，到底是年紀不饒人。前兩年興頭頭，是不覺得累的。

連日的陰雨，診所也並沒有什麼人光顧。

本是邁皋橋的一處民房，也老了。有了些濕霉氣。漸漸積聚在牆上，便有了形狀。便是個人，細看去，竟還是個女人。

鄭醫生歎一口氣。在酒精燈上燃上一盤安息香。這氣味厚，充盈開來，房間裡似乎就沒這麼冷清。

五年前從主任醫師的位上退下來，離開了中醫院。就開了這間診所。來的多半是老客。不去掛中醫院專家門診的號，到這裡來。也是習慣，望聞問切，哪怕只求他開一劑六味地黃，心裡卻是安的。他這裡也舒服，冬天燒上一個木炭爐子。熱得不燥。暑天裡呢，「下元不足，心火獨旺」，照老例兒熬上一鍋綠豆湯，一缽金銀花水。來往的病人，喝上一杯。出得門去，神清氣爽。

前年沒了老伴兒，就更把這裡當了家。生意並不見好，倒是日漸有些寥落。他也不介意，這診所叫「佑生堂」，自然並不希望病人絡繹。不過實情是，現在人也忙了。小毛小病，都去看西醫。時間省，見效快。來這兒的，主要為看疑難雜症。多是慕名，鄭醫生自然是很信得過的。然而，也有些病人是背水一戰。這種多半已被西醫判了死刑，來了先將成沓的現金擺在面前，然後和家屬齊齊跪下。鄭醫生扶他們起來，讓他們把錢收好。然後才一五一十地診病。能看的留下，沒得救治的，也只能狠了心送走。病人似乎也就此死了心，雖是戚戚然，卻比來時平靜了許多。

因為病人少，時間也就多了。打打棋譜，要不便是謅寫醫書。這天是《金匱要略》，正錄到〈奔豚氣病脈證治〉一章。院門外鈴聲響起。他停了筆，打開簾子，看一個女人站在院子裡。

女人垂著眼，正看著矮牆旁的一株梔子。大概也是連日的雨水催的，沒到五月，已經開出了數朵大花。掩在墨綠的葉子裡頭，分外的白。鄭醫生一半像是自言自語：今年倒是開得太早。

女人仰起臉，對他一頷首，笑了。說，開得早，結實就早。等不到八月，就可以入藥了。

鄭醫生心裡一動，便打量起女人。看不出歲數，頭髮花白，臉卻勻淨清明。沒有老態，更沒有病容。他終於問：您這是……

女人闔上傘，在花圃上抖一抖，說，來這裡，自然是看病。

聲音乾乾脆脆。

哦……哦。鄭醫生應著，一邊將她讓進門裡。

坐下來，女人安安靜靜地將屋裡的陳設打量了一周。鄭醫生才問：您覺得哪裡不好？又是爽脆的笑。女人說，我好得很。我是想代人看。

這麼著，鄭醫生有些不高興。心想別是遇到了荒唐的人。這年月不比從前，世風不同了，什麼人也是有的。

女人看出他皺起了眉，又一笑，說，醫生您別見怪，我說代人看，自然是該來的人不能來。我來這裡，是信得過您。你也該信我不是？

鄭醫生也就笑了，說，人有病色五種，照不到面，看得準不準，怕是說不好。

女人低頭打開隨身帶的布包，掏出一只信封。一抖，是一沓照片。鄭醫生接過來。看照片上都是同一個年老的男人，坐在輪椅上，灰黑著臉。拍攝的角度不同，室內外都有。臉上卻都沒有一絲活氣。尤其是眼睛，瞳仁是凝滯的。有一張是靠著窗戶，男人戴著眼鏡。陽光正照射在眼鏡片上。他卻不覺得光線刺眼，眼睛還是大張著。

這算照了面了麼？女人問。

鄭醫生問，病歷帶來了？

女人放在他面前。病歷是複印的。鄭醫生翻了翻，也就明白了。自己的判斷是沒有錯的。阿茲海默病第三期，也就是所謂的老年癡呆症。這個病患情況是比較嚴重了。

鄭醫生闔上病歷，輕輕說，西醫控制得不理想，是麼？

女人點點頭。

鄭醫生想一想，對她說，這病根治還是很難，在中西醫都是一樣。年紀大了，腎氣衰弱。腎主精生髓，腎精不足，髓海必虛，腦海則失養；腎氣不足，心失所養，血脈運行乏力，血瘀阻腦。

所以，您的意思說，要想改善，還得在腎上下功夫。女人輕輕跟了一句。

鄭醫生說，病位在腦，病本在腎，累及心、肝、脾。面色即證。要說療治，補腎填髓是基本大法。

女人咬了咬唇，問，怎麼用藥？

生地、熟地、山萸肉、枸杞子、菟絲子、茯苓、仙靈脾。隨證加減治療。兼脾虛濕濁不降者，加黃芪、石菖蒲、法半夏等，兼肝陽上亢者，加天麻、鉤藤、牛膝；您先生體表灰質如侵，面色不華，是水火不交，加川連、肉桂、夜交藤。

女人輕笑：照本宣科就不要了。我想要一劑食補的方子。

鄭醫生沉吟了一下，拿出一張方箋，寫罷給了女人，囑說，核桃仁不必去衣。

女人看過後，細心摺好，略一躬身，醫生，謝謝。我還會來的。

及走到門口，又一轉頭說，他不是我的先生。

三

江若燕偎在父親身邊，含笑看著他。嘴裡哼著一支童謠，是小時候父親時常唱給她聽的。蜻蜓落雁飛不飛，雨過天晴雲低回。

父親是不認得她了。可卻似乎是認得這歌。此刻他是很安靜的，臉上也是一個平和的表情。也任由手放在她手心裡。舌頭時不時伸出來，舔一下嘴唇，然後闔上，發出牙齒磕碰的聲音。

謝瑛心裡有些痛，為兩個人。這一父一女，現在是她最想操心卻操不上心的人。她怎麼也想不到，老伴兒會變成這個樣子。六年前，還是威風八面。一院之長，學科帶頭人。說話做事都是雷厲風行，讓人心服口服。就因為那一股子精氣神。她做學生的時候，看著講台上的他。就給自己定下了將來。

她並不是個很有主張的人，這是她人生最大的主張。當時經人介紹，她正和軋鋼廠一個高級技工戀愛，像他們資產階級家庭出身的孩子，這樣的交往算是造化了。可她卻為自己做了一回主張。任人指指點點的日子過去了，總覺得幸福是自己的。

第一次把鑰匙落在了門上，江一川還自嘲一句，英雄暮年。現在是連自家鑰匙都認不得了。

她走過去，撫摸一下男人銀白脆弱的頭髮。老伴兒漠然地看她，像看著一件物體。他被撫摸得有些不耐煩了，扭轉過頭去。

女兒站起身來，揉一揉痠脹的膝蓋，望著她，張一下嘴，欲言又止。她歎一口氣，唉，說吧。

若燕的聲音，輕得只有自己聽得見：媽，他還是想接多多去香港。說是那裡的條件，對小孩子的成長好。

謝瑛說，他是想什麼都不給你剩下了，是嗎？

若燕低下頭，囁諾著聲音，他也有他的難處。

謝瑛將手裡的茶一頓，使的勁太大，灑在了茶几上。她按一按自己的太陽穴，說，誰沒有個難處啊！

她也知道女兒心裡苦得很。這苦頭卻吃在一個「善」字上。為什麼爺倆兒的性情這麼不一樣呢。江一川是個處處以進為守的人。若燕可好，事事以退為進，但求一時心安。到頭來害了自己。當時女婿林惟中要出國，若燕正懷著孩子。謝瑛是堅決不同意，說怎麼著也得等孩子生下來。若燕卻放了他走，說你去吧。來得及孩子學說話叫上爸爸就行。孩子生下了，林惟中卻沒回來。說給若燕辦了陪讀帶孩子過來。臨了要走，科研組的小魏卻查出了腦癌。請不到人，項目就要停下來。領導找了若燕談話，請她多留一年。就在這一年裡頭，林惟中移情別戀，給若燕寄來了離婚協議。若燕想了一晚上，簽了。你過你的好日子，說把孩子留給我就成。

和那個香港女人結婚三年，林惟中沒有一子半女。這回輪到要多多了。

謝瑛說，女兒，你就不能長點兒脾氣嗎？人不能有傲氣，可是傲骨總是要有的。

江一川轉過頭，鼓起嘴巴，用唾液吹起一個透明的大泡。啪，泡破裂了。

若燕說，可是，他畢竟是孩子的爸爸。他也想多多。

謝瑛呼啦一下站起身，狠狠地說，好，他是孩子的爸爸，那你問他。生多多的時候他在哪裡。他盡過做父親的責任嗎？他和那個女人鬼混的時候，想過你們娘倆兒嗎？

若燕呆呆地站著，眼睛卻是一紅。

若燕……廚房裡有人長長地喊，阿姨騰不出手來了，快來幫忙端一下鍋。

若燕愣一愣，轉身跑進廚房裡去了。一隻手輕輕撫上了她的背。那手綿軟而溫暖，卻令若燕心頭一抖，淚洶湧地流了下來。

那隻手用力了一些，將她的頭攬過來。放在自己的肩上。若燕只有呢喃的氣力：筠姨。

哭夠了，抬起頭，若燕看到的是張微笑的臉。快別哭了，多大的姑娘了。啊？

若燕也笑了。同時心裡也驚奇，她唯獨會在這女人面前孩子似的哭。家裡走馬燈似的換過許多的阿姨。現在已是面目模糊。多多是個怕生的孩子，見筠姨第一面，卻伸出手去要她抱。說不上為什麼，就是親。

謝瑛仰在沙發上，手指揉著太陽穴。面前擱了一碗冰糖白木耳。聽到有人輕輕說：不能動氣，血壓又該上去了。

謝瑛拍一拍身邊的沙發，女人坐下來。她歎一口氣，誰不想活個容易。你以為我想嗎，這一老一小，哪個讓我省心啊！

女人說，家家有本難念的經。好在一家團圓，辦法都是可以想的。

謝瑛聽著這柔軟的聲音，心裡也有些靜了。

她說，筠姐，怎麼就沒見你心裡不合適過呢？按理我不是個沒氣量的人，可遇到事情還是慌，還是亂。還是沒主張啊！

女人又笑了。她說，你又能看見我心裡麼？常食五穀，苦處各不同罷了。

謝瑛一垂頭，說，也是。其實，你來了半年了。都沒見你說過家裡的事。我總覺得，你不像是做保母的。哪裡不像，又說不清爽。可你又做得那麼好，比那些人可強多了。

女人說，布有千色，人有百種。哪有做什麼都寫在臉上的。再說了，幹保母也不丟份不是，都是憑力氣和能耐吃飯的。

謝瑛就有些愧色，說，你看我說的糊塗話。

女人就樂了，說，你們讀過書的人，總有些小糊塗。大聰明卻是我們比不上。就好比走路，快慢不說，你們總是選對了路。我們每步走得結結實實。一回頭，卻彎到了十八里坡去了。

謝瑛也樂了，心裡也熨帖了些。一抬頭，卻已經看到女人端了一只砂煲出來。她寧靜得很，卻是個閒不住的人。

盛出一碗來，是核桃芝麻蓮子粥。這是給老頭子喝的。女人弄來的中醫食補方子。江一川這麼多年，都是靠西醫撐著，激素不知用了多少，占諾美林用量一直在提。想到這裡，謝瑛又歎了口氣。

女人舀了一勺，江一川張開了嘴，牙齒卻緊闔著。女人也張開了嘴巴，說，啊——江一川嘴巴張開了，張得很大。一勺粥送進去，一些順著嘴角流出來。女人卻微笑著，又一次張大了嘴巴。

謝瑛看著這一幕，卻覺出了自己對這女人的依賴，同時有一些感動：這女人，半年把全家人都變成孩子了。

這笑平添了她許多的氣力。

四

陸望河遠遠就看見了女人的身影。

這個年紀的人，走路很少有這樣挺拔的姿態。何況手裡還拎著許多東西，顯見是剛剛從附近的超市裡出來。

他囑咐司機將車慢慢開過去。將車窗搖下來。

女人已經看見車窗上有熟悉的平安結，那是她親手織的。不過還是不動聲色，安靜地往前走。

陸望河終於忍不住，輕輕叫一聲：媽。

她這才回過頭，應道：哎。眼睛含笑地看著陸望河。

陸望河打開門，下了車，從女人手裡接過大袋小袋。

女人不依，擋了一下說，不要你送。前面就是7路車，走幾步就到了。

陸望河搶過東西，擱在後尾箱裡，很紳士地打開車門，做了一個「請」的姿勢。女人歎口氣，隨他上了車，嘴裡說，送到社區門口就行了，嗯？

陸望河也誇張地歎一口氣，說，遵命。

司機老郁開動了車子，一面笑道：陸家媽媽，你有我們陸總這個兒子，真正是福氣……

陸望河卻沒有讓他說完，接過話頭去，媽，怎麼跑了這麼大老遠來買東西？

女人掏出一張廣告，說，星期三這裡的「易初蓮花」做活動。黑魚比城北每斤便宜兩塊五。千層糕買二送一。還有，教授家的不沾鍋壞掉了，終於給我找到這兒在做優惠。德國的牌子，打了五折呢。

陸望河就笑，媽媽，你都知道他們是教授家，還會在意這幾個錢嗎？

女人就正色道：錢對誰都是一樣。教授家的一塊錢，也不能當五毛用。過生活都是細水長流的事，小來大去，還是馬虎不得的。

陸望河就作了投降的樣子，說，好好好，您老人家越來越像個哲學家了。

女人眉目就舒展開，說，油腔滑調。你怎麼跑到這裡來了。

陸望河便答，中午和一個客戶吃飯。

女人沉吟了一下，說，望河，上次媽和你說的事怎麼樣了。過年回去，鎮長可是問了又問的。鎮長有恩咱們家，要是能幫上的，我們做人可不能忘本。

陸望河就笑，你猜我今天見的客戶是誰？

女人想一想，莫不是鎮長。

陸望河哈哈樂了，說，要不說我母親大人冰雪聰明。

女人說，合作的事有眉目了？

陸望河說，豈止有眉目。合同都已經簽了。

女人就雙手合十，說，這下好了，讓南京人都能喝上咱六安的茶葉。

陸望河又笑，說，又不止是茶葉。媽您記得我說過，年初時候收購了六合一家保健品廠。剛剛就為談這件事。我們準備搞一個項目。您知道嗎，茶裡頭有種稀罕的物質，叫茶多酚。這可是個好東西。抗衰老，降血壓血糖，還能抑制癌細胞。

茶多酚。女人重複了一下，又皺一皺眉頭，開個茶廠不是挺好。這東西，能好賣麼？

陸望河說，您還別小看，前陣日本核洩漏，茶多酚類的食品，在市場上已經脫銷了。因為這物質，還能抗輻射。有千葉大學的調研報告，可比鹽什麼的靠譜多了。

女人就有些臉紅，想起自己也跟在別人後面搶買過幾包鹽。

今天和鎮長一起，見了生化所的田教授。一起商量到時候合作開發一個系列產品，營養品、飲料，將來興許還有化妝品。下半年項目上馬，咱們六安的瓜片，就要派了大用場。媽您可是功臣。田教授還帶個研究助理來，比我年紀還輕，已經是個博士了。現在的女孩子，可真了不得。

女人聽到這裡，心裡倒一動，問，望河，這女子人怎麼樣？

陸望河愣一下，笑說，媽，人家可是博士，看得上您兒子？

女人扁一扁嘴，說，我兒子怎麼樣，這麼能耐，什麼人配不上？

這時候，車開進了社區的大門。女人著急地請司機停下來。

陸望河就說，媽，怎麼就不能開進去呢？

女人下了車來，又回轉身，正遇上望河的眼睛。

三十多歲的人了，可還是孩子的臉，一派天真的樣子。她親暱地擰一擰兒子的耳朵。陽光底下，兒子貝殼一樣的耳輪有些透明。她心裡顫一下，想起另一個男人，也有這樣貝殼形狀的耳輪。她阻止自己沒有想下去，只是說：我兒子是有出息的人，知道有這麼個兒子，誰家還敢安心請我做保母。

陸望河笑一笑，說，媽，您可是答應過我的。

女人沉默一下，點點頭：嗯，兒子，媽應承你，做完這一家。以後就不做了。

五

謝瑛看見女人從一輛賓士車上下來。後面跟著一個穿西裝的年輕人。

這年輕人臉孔的輪廓，讓她覺得十分眼熟。卻又想不起在哪裡見過。

女人回身擋了一下年輕人，沒再讓他跟著。

賓士車遠遠地開走了。

女人站定了，才拎起大包小包，走過來。

在樓道，見了謝瑛。愣一下，卻說，瞧我，飯還沒燒上呢。

兩個人走到電梯口，謝瑛淡淡地問，筠姐，剛才那個小夥子是誰啊，和你挺親熱的。

女人沉默一下，微笑說，以前主人家的孩子，路上碰見拿的東西多，就捎帶我一腳。孩子挺出息的，自己開公司了。

女人回到家裡，又是馬不停蹄地忙。飯燒上了，又緊趕著收衣服、澆花、拿晚報，收拾多多玩了一地的拼圖。忙是忙，卻絲毫沒有亂的意思。你並不覺得她在你的視線裡，一回頭，事情已經妥妥貼貼地做好了。做好了，便又開始忙下一件事，沒有閒下來的時候。安安靜靜的。

謝瑛想，作為一個保母，這女人似乎太完美了。

這家裡，因為有了這麼個人，什麼都不一樣了。她給了這家裡一種新的秩序。有些東西，只有她知道放在哪裡。你動過，隨手放在別的地方。她會不動聲色地放回去。她賦予很多東西一種你所不熟悉的規矩。但你接受起來，卻沒有勉強。好像本來就是合理的。這合理，來自於一種甘心情願。

活幹完了，她依然是端出一煲湯，盛出來，一口口地餵給江一川。這一回是天麻燉豬腦，隱隱有一種腥澀的味道，在空氣中漾散開來。謝瑛聞著覺得有些作嘔。卻見江一川在鼓勵下，一口口地吃下去，湯汁不再從嘴邊流出來。他似乎很努力地咀嚼，像個想要證明自己的孩子。他依然沒有聲音，但謝瑛卻感覺到，他的眼睛裡出現了一種活氣，使得他的整個面部都生動起來了。

晚上收拾完了。謝瑛在燈底下搖著扇子。說，筠姐，過兩天，要請人來給空調加加雪種（冷媒）。今年，怕是又要熱得不像話。南京什麼都在變，「大火爐」的頭銜倒沒拿下來過。其實我是不好多吹空調的，吹多了就偏頭痛。

女人聽了，站起身來，嘴裡說，差點忘了……

回來的時候，懷裡抱著兩個圓滾滾的東西，遞給謝瑛一個，另一個放在江一川的膝蓋上。

謝瑛見這物件，模樣十分奇特。用青竹篾編成的長籠，因為是中空的，留著許多孔洞。抱在手裡，好像有涼氣從網眼兒裡滲透出來。

她便十分好奇，問是什麼？

女人便說，這是「竹夫人」。在我們老家裡，叫青奴。早就看不到了。今天在超市，卻見有在賣。好大的廣告高頭，說什麼「天然空調，環保家居必備」，我就買了兩個。

謝瑛看上面還別著標籤，便念出來：竹夫人，消夏良伴……竹夫人，竹夫人。念著念著，似有所悟，想起《紅樓夢》裡頭寶釵出的一則燈謎，謎底正是這東西。就脫口而出：「梧桐葉落分離別，恩愛夫妻不到冬。」

她正得意自己的記憶，突然覺出句裡意味的不舒暢。說，現在的這些生意人，什麼都要復古，唯獨人心不古，有什麼用。就將這長籠擱到一邊去。

一抬頭，卻見江一川眼睛緊闔著，將這竹夫人實實地抱在懷裡。

六

秋涼的時候，鄭醫生最後一次見到這女人。

女人靜靜坐著，對著面前一杯茶。看著杯中紛繁的白色花瓣，在滾水裡膨脹、舒展開來。好像又盛放了一次。

女人便問：是院子裡的大白菊吧？

鄭醫生袖著手，點一點頭說，好東西，清肝明目，健脾和胃。

女人細細地吹，然後輕輕嘬一口，笑說，該早些喝，我這輩子，就是有些事情沒看清爽。

女人拿出一疊紙，說，醫生，您開給我的食療方子，我抄了一遍，您幫我看看，可有錯漏的？

紙上的字很工整細密，談不上娟秀，筆畫間的用力，甚至有些鬚眉氣。

方子是分毫不差的。然而，卻又在細節處加了很多的解釋。比如，松子仁米粥，急火三分鐘，文火半個小時。後面括弧裡注上，若是電熱煲，二十分鐘足夠。米不要用泰糯，要用國產的珍珠糯。「山藥羊肉羹」，首選東山黑皮羊，不至於太過油膩。要陳年的花雕，才會起羹。又有一道「泥鰍燉豆腐」，方子後面寫下了一個手機號碼，一三六……，老王。問起來，原來是個賣水產的老闆，大約只有他家的泥鰍最肥大新鮮。

鄭醫生鋪開紙，為她寫下最後一個方子。他知道她不會再來了。

七

女人坐在燈影底下，打開一個筆記本。

這紅色的塑膠皮筆記本，已經很陳舊了。封面上是個灑金的「忠」字，也已經有些褪色。

打開了，裡面有一張照片。上面是個穿著白襯衫的青年。青年的模樣清俊，如炬的目光也沒有因為歲月黯淡下來。

照片的背面，寫著「廣闊天地，大有可為」。她問過他，什麼是「廣闊天地」。他對她溫柔地一笑，說在這裡，社會主義中國的農村，就是他的廣闊天地。他離不開這天地，就好像不會離開她。

她撫摸一下這張照片。這青年，有著貝殼一樣的耳輪，在陽光底下，就是半透明的紅色。她憶起在熾熱的麥秸地裡，她將自己熔進他的身體。烈日的光線，穿透他的耳輪，幾乎可以看見那錯綜的血管。

「廣闊天地，大有可為」。

他離開這天地，是在三年後。那一年中央有了政策，知識青年有了返城的希望。她對他說，你走吧。你的廣闊天地，不在這裡。

恢復高考，鄉里有十幾個青年報了名，唯獨他考上了。

他臨走的時候，她給他一個布兜，讓他放在貼身的口袋裡，裡面是新採的六安瓜片。茶用她的體溫焙乾了。她說，走吧。這茶喝完了，你就好忘記我了。

他哭著說，要回來接她。她一笑，說，好，我等著。

他並沒有再回來。她知道的。

他走後半年，她早產，生下個兒子。這兒子瘦小，一對耳朵卻大而厚，也有貝殼一樣的耳輪。

她在人們的指指點點裡，把這孩子養到兩歲。她爹歎口氣，說，嫁了吧。你得有個男人。兩歲了，拖油瓶也拖累不到旁人了。

村裡人就幫著張羅，嫁給了鄰村姓陸的鰥夫。老鰥夫人不壞，忠厚，能勞能動。就是太喜歡做男女那點事。自己又不行，就氣得打她。打急了，就又打她兒子，往死裡打。她就舉起把剪刀，說打她她能忍。再打這小子，她就跟他拼命。

五年後，老鰥夫中了風。人不行了，叫她到床跟前，說，我虧欠了你們娘兒倆。這小小子人精靈，攢下來的錢，留著供他讀書。我只要一副薄棺材就夠了。

她厚葬了男人。卻記得他的話，要供這個孩子讀書。她便生活得更辛苦些。

這孩子果然是出息的。書讀得不費力，小學到中學，都是第一名。順當當地考上縣中。鎮上辦茶葉廠了，她便央了人，尋到了一個工作。只圖離兒子近些，好照顧。

又過去了幾年，兒子高考填了志願。填了南京的大學。聽到「南京」兩個字。她心裡一咯噔，然後問，兒子，能考上嗎？

兒子點點頭，她就沒再說什麼。

果然考上了，幫兒子整理行李。看著錄取通知書上有一個鑲了五角星的鐘樓。她想起另一個人，跟她說過這幢鐘樓，說這大學是他的理想。這是二十年前的事了。

她流淚的當口，鎮長來了。鎮長說，阿筠。咱鎮上出了望河這個高考狀元，我是給你道喜來啦。

她不說話。鎮長知道了她的心思，就說，我在無為有個親戚，現在在南京城裡，開了一個家政公司。要不你去她那裡吧。我給你寫封信。只是，城裡人嬌貴，保母的活兒，怕是要受點委屈啊。

她說，我做。

這一做，便是十年。

她第一次在報紙上看到「江一川」這個名字，人幾乎要窒息。她讓自己平靜下來，認認真真地看這報導上的每一個字。這個男人，現在是省裡建築設計院的院長。十一項發明專利的擁有者。報導上說，那新街口最高的樓，就是他設計的。這樓得了國外的大獎，樓頂的弧線，據說靈感來自一片茶葉。報紙配了照片，沒錯，模樣沒怎麼變，老了些，目光也有些懈了。但還是有股精氣神兒，是他的。

這以後，她成了個留心看報的人。主人家都有些驚奇。因為她並不怠惰。但每天的報紙，都要一版一版細細地翻過。

她於是知道，男人是這城市裡很知名的人物。享受國家級津貼的專家，省人大代表。同時，是一個好父親和丈夫。電視裡為他做過一次專訪。她看到他的妻子和女兒。妻子溫婉，氣度不凡，是真正配得上他的。

她先是笑了。夜裡卻哭醒，醒來還是笑。

對他的關注，成了她心底隱祕的幸福。這讓她上了癮。

她從未想過要打擾他。

只有這麼一次。望河大學畢業，要創業，沒有啟動資金。愁腸百轉。她一瞬間想到了他。是的，這也是他的兒子。

但這念頭又在一瞬間，就被她的愧意壓制住了。她拿出所有的積蓄，對望河說，兒子，沒有什麼是過不去的，我們娘倆兒這一路，靠過誰？

兒子點點頭，懂了她。

兒子出息，幾年工夫，公司大了。

兒子無數次地不要她做下去，說她該過上好日子了。她急了，她說，你整天保母保母地掛在嘴邊上。沒有你做保母的娘，誰供養你讀書生活？

兒子委屈，看看她，卻也沒有再說話。

是的，她的性情，是沒有這樣好了。

他突然從她的生活裡消失了。報紙上，電視裡，都再沒有。徹底地消失了。

她算一下，他也該到了退休的年紀。退下來了，在這世界裡也退下來了。

直到有一天，她在家政公司看見了謝瑛。這教授夫人的樣子十分憔悴，已沒有了神采。

旁邊另一個保母對她說，又來換。這女的挑得不得了。老公得了老年癡呆症，還挑肥揀瘦。換來換去，誰在她家裡都做不長。

她心裡一動。

她對望河說，兒子，我做完這一家，就再也不做了。

她終於出現在他的生活裡。

這出現，晚了三十二年。

現在，卻已接近了尾聲。

透過門縫，她看得見他的剪影，依然坐在陽台的落地窗前。懷裡抱著那個長長的竹籠。已經是深秋，他還是緊緊地抱著。一刻也不願放下。

她擦一擦眼角，又翻了一遍這些年蒐集的報紙，然後遝成一遝，放進行李包裡。食療的方子分成春夏秋冬四類，用迴紋針別好，壓在枱燈下面。

她還在猶豫，要不要讓望河來接她。

八

這時候，謝瑛推了門進來。

謝瑛說，你走之前，總要見見若燕的新男朋友。她現在當你是半個媽。第一次上門，你得幫我好好參謀參謀。可別再看走了眼。

她臉上也就有了喜色，說，好。

半個小時後，門鈴響了。

兩個人忙不迭地迎出去。

若燕進來，後面閃出一個身影。

高大淨朗。

女人的笑容在臉上凝固。

忽然聽到背後一聲響，就回過頭去。

竹夫人在地上滾動著。滾到了她的腳邊，停住了。

文學中的南方
——蘇童與葛亮對談

葛亮：各位下午好。今天很高興和我少年時代的文學偶像，也是我崇敬的前輩作家朋友蘇童老師同台，在這樣一個陽光清澈的午後，跟大家一起分享有關文學的話題。咱們今天聊的的題目是「文學中的南方」，裡面有兩個關鍵詞，一個是文學，一個是南方。蘇童老師與我生活和寫作的背景，實際上也與此相關，所以我們不妨從一個相對比較感性的話題入手。借此也請教蘇童老師，在您的心目中南方是什麼樣的意象和感覺呢？

蘇童：大家好！葛亮說陽光清澈，也有點兒熱，所以也非常感謝在這樣一個應該睡午覺的時刻，大家坐在這裡。今天的話題南方與文學，或者說文學中的南方，對於我來說，我似乎覺得這個話題非常鬆馳、非常有得說，但是同時說實在的，我沒有梳理出一個非常清晰的脈絡，應該從何說起。我想起博爾赫斯，肯定很多人都知道這位偉大的南美作家，他有一篇短篇小說的名字就叫《南方》，第一句話是從布宜諾斯艾利斯講起，南方開始了。這句話非常帥。這篇小說的內容其實也非常容易解說，他寫的是一個來自阿根廷北方的病人，這個病人大概是肺結核患者，他需要去南方療養，他身上帶著《一千零一夜》這本書，這樣就上路了。到了南方一個小城，當然人生地不熟，他不知道怎麼就走進了一家咖啡館，坐在咖啡館裡看他的《一千零一夜》。這個時候他碰到了幾個來自當地的人，因為閒著無事，所以喜歡惹事生非。他的鄰桌就將吃剩的麵包揉成一團一團的麵包屑朝他砸，砸了一個又砸過去一個，就是撩他。這個病人可是來療養的，身體非常非常虛弱，這時就面臨著一個非常罕見的，也是一種奇特的人生境遇，他要證明自己是一個人、是一個男人，還有一點血性的話，他必須接受這一次莫名其妙的挑釁。後來當然是一個悲劇，所謂的一場本不該發生的悲劇，因為這兩邊的對峙雙方完全不一樣，實力完全不一樣，就在咖啡館裡發生了一次鬥毆，鬥毆的其中一方是世界上最不應該參加鬥毆的人。

我今天想起這篇小說，是因為我想起了所謂「南方」這個詞背後無數的暗喻、隱喻和某種象徵，一般來說北方它幾乎是一個政權或者是權力的某種隱喻，而相對來說南方意味著明天、意味著野生、意味著叢莽、意味著百姓。這可以說是我們中國近幾百年來歷史所決定的大家一個習慣性的思維方式，北方與南方，在中國不僅僅是以長江為界，或者不僅僅是以黃河為界，它有一個看不清的非常模糊的，但是又始終在你心中的那麼一個界限。北方是什麼、南方是什麼，沒有一個人能夠說的清楚，但是它確實是代表著某種力量、某種事物的一種對峙。這個對峙我們今天無法描述清楚，但是大家心裡是有這條界限，是能夠隱隱約約看到對峙了幾百年來的影像。

葛亮：我贊同剛才蘇童老師說的，在我們考量南方這個詞的時候引入了另外一個相對的地理概念，這就是北方。北方從感性層面而言，它可能是豐饒的、厚重的，可以講在歷史的淵源中是綿長的，同時也有略微封閉的感覺。相對於此，剛才蘇童老師講的一點十分生動，他用了野生這個詞來形容南方。它是更為自然、感性的。同時南方在我們中國的地理疆域裡，無論是江南的文化，還是嶺南的文化，本身蘊含了一種水性的東西。不妨做一個比喻，如果由我來界定的話，大概會覺得北方是一種「土」的文化，而南方是一種「水」的文化。嶺南因為受到海洋性文化取向的影響，表現出來的是一種更為包容和多元的結構方式。也因為在地理上可能相對來說是偏遠的，它也會因此而游離儒家文化、主流文化的統攝，表現出一種所謂的非主流和非規範性的文化內涵。《顏氏家訓》有這樣一句話「先秦儒家出中原齊魯，老莊出南方楚地」。所謂的老莊文化，莊生曉夢迷蝴蝶，我們閉上眼睛想像一下，都可以感覺到中間含有一種關於想像力的、色彩繽麗的，甚至於帶有非常濃重的寓言指涉的一種哲思乃至於人文表現形式。這實際上就是南方文化帶給我們，無論是作為一個創作者還是文化的考量者最大的衝擊力；換一個句話來說，實際上也有別於北方的中原文化一脈相承的士人傳統，因為在南方的話，表現出更多的是一種經世治用的作風，或者表現出相對世俗的文化作風。其中之一就是文化結構中表現出多元的混雜性。這特別有意思，現在我們身處廣東，我對廣東相關的嶺南文化有一點淺顯的認識。比如說大家都知道廣東開平有一個非常著名的非物質文化遺產形態，就是碉樓，實際上它就是一種混雜文化的產物，所謂的僑民文化的產物。要不然就說一說香港，香港是典型的殖民文化區域，也是一種以非常直觀的文化形態所造就出來的城市。大家可能有印象，張愛玲女士在小說《第一爐香》裡曾經提到主人公葛薇龍姑母的居所，它是一個幾何圖案式的構造，但是看上去就像是一個摩登的電影院，屋頂卻蓋了一層仿古的碧色琉璃瓦。其中可以看到很多弔詭的東西。南方文化實際上為什麼剛才說經世治用，是有取巧的、迎合各方面審美并調停居中的的一種態度在裡面。剛才蘇童老師也探討到有關於北方文化、南方文化其間的界域，兩者好像是分庭抗禮的。下面我們是不是可以談一談，它們有沒有更深層次的關連呢？

蘇童：大家都知道中國的歷史，幾千年以來都是中原文化作為主導，葛亮剛才用了「土」的文化和「水」的文化，或者說黃土文化與河流文明，這幾千年以來其實一直是通過政權的更迭、人群的遷徙，任何一個民族其實都一樣。我記得我在大學時期，老師給我們上課時恰好說到廣東，廣東在中原文明已經傳播到全世界的時代，或者說唐之前，那時廣東還是一片草莽，但是當時在江南，所謂的江南文明已經非常非常富裕了，已經形成了所謂的這樣一個真實的文明存在。因此我們現在所認為的中國南方與南方之間，又是各有不同的領域，嶺南、嶺粵文化，又比如說西南，西南文化，江南文化，都是各個相對獨立的。當你一說起南方的時候，你會非常恍惚，我們說的是哪一個南方。但是總體來說，我前面說了看不見的對峙，看不見的那個東西是隱隱約約存在的，是一種在野的、一種民間的力量，隱隱約約是在與來自北方的大一統的政權、權力，甚至從歷史上的某些細節，你看很多革命，無論是農民起義也好，或者是近代史上的很多革命，都是南方往北方打，孫中山的兩次革命，北伐等，包括太平天國。通常是往北方打，打到最後沒有什麼好結果，政權還是北方的。你說要有一個南方精神的話，南方精神其實是在抗爭、失敗這樣一代一代螺旋式的延緩下來，今天的南方人跟今天的北方人，通常會說你們北方人、你們南方人，這不僅是中國的一個現象，我就說都從某種意義上描述了這條界限的存在，當然我們完全沒有能力說清楚北方的核心詞是什麼、南方的核心詞是什麼。我是覺得北方文明和南方文明在文學當中有一種微妙的體現，我一直在宣揚這樣一個觀點，我說所有來自於南方的非普通話語系出身的這麼一個作家，都要比北方作家會辛苦一點。為什麼？當你在語言使用的時候，你就會比他累，因為你不是在用你真實的第一反應的母語寫作。現在大家都在外面說普通話，無論是工作場所，或者是你在學習、工作當中，用的是這種語言，當然很少有人能知道自己在說夢話了，但是如果有人告訴你，你昨天說夢話了，說的一定是母語，說的是你家鄉的話。這是非常奇特的，南方人的身分，其實比北方人多一層。這一層的意義如何去描述我也不清楚，但是體現在寫作當中，我自己本身的營生當中，我從來都覺得我比莫言辛苦，我肯定比王朔辛苦。大家記得很多年前王朔的作品很風靡的時候，很多人要學，我身邊有一些非常迷戀王朔那種意味的，只要他是南方的，我會非常嚴厲的警告他不要學這個，因為你血液裡有可能存在王朔一樣的性格，但是你的語言會隔一層，會很可笑。這是一個寫作者所處的身分非常奇特的，跟他的地域有那麼一種微妙的關係。通常來說，大家會發現來自於南方的作家，他對文字的有這麼一種考究、認真，其實大多數會超過那些北方的作家，原因就在於他其實用的不是自己日常的語言，而是一種書面語，即使在寫作當中，北方也給南方施加了某種壓力。這是我的認識。

葛亮：剛才蘇童老師所說的，要是做個不成熟的總結，就是做一個南方的作家還真是不容易。南方跟北方文化之間，乃至於文學之間，乃至於所謂的身分認同方面，這個對峙確實是長期存在。我想可能也存在一些彼此之間的碰撞和融合，大家可能注意到，中國幾次非常巨大的政治經濟，乃至於文化格局的震盪，實際上也都隱含著一種北方文化和南方文化之間的互動。而這種互動往往是以一種文化遷徙的方式存在，比方說較早期在西晉末年，因為「八王之亂」，造成了當時士族整體南遷江左，比如琅邪的王氏、謝氏。當下人對於詩詞的認識中，仍然有他們作為文化菁英的一些蹤跡存在，比如說「舊時王謝堂前燕」、「南渡衣冠少王導」，這些文字仍然可以感知到他們當時留下的印痕；也包括蘭陵的蕭氏，他們作為貴族曾經一度在南朝以權貴和政治掌控者的身分而出現，包括「方所」這個書店的出典也與此相關。南梁昭明太子蕭統有這樣一句話，「定是常住，便為方所」，實際上表達出的觀念也是非常南方的，應和海德格爾，是一種詩意的棲居。輕靈而無強勢，這是有意思的。如果是北方的文人來表達，格調上肯定就會有點兒不一樣。包括非常著名的文論家劉勰，劉勰實際上出身東莞劉氏，也是當時南遷的望族之一。「安史之亂」之後又是一次「五代十國」整體南北文化格局的大洗牌，在歷史上可以說對於整個中華文化的錯綜衍生，或者說南北文化彼此間的牽制和交融，實際上提供了一個契機和平台。靖康二年，北宋帝趙構做了一件很不體面的事情，跑到臨安，造就了一個小朝廷，同時帶走了中原大批士民南遷。比較特別的一點，就是這個時候隨著這股遷徙的浪潮，有一些非常重要的文化人，他們的身分實際上是頗有意味和微妙的，比如說大家都熟知的著名詞人李清照、金石家趙明誠夫婦，也包括辛棄疾，以及「蘇門四學士」之一的晁補之，他們身上存在著非常有意思的東西，就在於反映出來的是南北文化之間的一種制衡。為什麼這麼說呢？一方面他們到了南方之後，本身作為一個群體，實際上是重構和充實了南方文學的版圖，但是他們個人作為文化人的姿態，又是北望家國的，所以他們身上還帶有著對於中原文化的眷戀、一種一衣帶水的感覺，實際上他們造就的是文化的南北既融合又砥礪的文化共同體。剛才蘇童老師提到一點我也非常有興趣跟您探討，您剛才提到廣東用了「草莽」一詞，北方文化對於南方文化，怎麼說呢，有一種類似中原文化對於蠻夷文化的一種影響。從這個角度我想聽聽您的看法，您怎樣界定所謂大中原心態？您覺得這樣的心態在當下是否還存在呢？

蘇童：剛才葛亮很好地梳理了所謂的北方文化與南方互相的遷移、互相的置換，或者說這樣的一種關係。剛才葛亮提到一個很重要的詞，當我們回首中國文化時，如果你有一個方位，正統，我們所謂中國的正統是在北邊，它永遠是「北望」，沒有人說是南望的。北方無論是政治、文化、歷史，似乎都是王者之尊的這麼一個地位，這麼一個地位當然有它的歷史形成，因為大家知道我們民族的歷史、我們國家的歷史，本來就是黃河文明、就是中原文化這樣孕育出來的一個族群，因此許多東西要到它的發源地尋，之所以以北方為尊看來是很有道理的，這是沒有辦法的。比較有意思的是，近代史這一兩百年以來的歷史，事實上南方一直在蠢蠢欲動著，尤其以太平天國那個時候為甚。我為什麼願意說這個事情呢？大家都知道所謂太平天國的形成是跟西方的基督教有關係，因為海洋文化是南方……，所謂的南方，如果有南方文明，海洋文化是南方文明的一條放射線，或者說是一條輸送帶，它是受輻射的，從某種意義上它是開放的，相對於中原文化來說，那種以我為尊、它的正統地位。南方文化因為海洋文化，使它從一開始就意味著可以吸收很多文明。洪秀全的太平天國，大家都知道，一路打過去，最後滅掉洪秀全的是曾國藩的湘軍，南方人打南方人，湖南人打廣東人，最後政權交給來自北方的滿人，這從地域來說，從民族，這個方面是蠻有意思的一件事情。這個後果當然僅僅是一場戰爭的後果，但是確實充滿了某種暗示，我剛才一直在說的，一般南方所謂的民眾精神，南方是一個民眾生活的樂園。北方你管政治，你是王者，那麼即使是某一次的躁動，一次革命，最後總是以南方把權力拱手相讓給人家，就是這個結果，還是你來，你在上面、我在下面。即使包括我們近代的革命史也是這樣的，共產黨打江山的大多數是湖南人、江西人、湖北人，很少有東北人。這個就不多說了。

葛亮：剛才蘇童老師提到非常有意思的，就是太平天國最後被湘軍滅了這件事。說到底，南方也不是鐵板一塊，其實中間也有各種各樣對峙和碰撞。南方所謂的江南和更南的部分、嶺南的部分，甚至於您剛才說到和西南的部分，其實每一個區域也有自己的某一種獨立的文化心態。您剛才說到太平天國，我就想到一個上海人，他叫王韜，王韜的意義在哪裡呢？他雖然是一個上海人，但是他造就了香港文化的起點。當時他因為和太平天國之間千絲萬縷的聯繫，所以他是被清廷通緝的。他一路流落、流放到香港這個地方，然後他在香港辦了一份中文報紙，叫做《循環日報》，就是這份報紙造就了香港人。但是他有一句話很有意思，他就說對於香港的觀感，他說香港是個「蕞爾小島，其俗素以操贏奇為尚，而自放於禮法」。怎麼說呢？就是說這個地方實際上是一個蠻荒之地，沒有什麼規矩，本來是讓人看不上的。所以他來了以後，儼然就是一個文化的拯救者。但他其實是一個南方人，他對於更南方的地方，仍然表現出一種優越感的心態。同樣的例子，大家知道張愛玲寫過一本小說書《傳奇》。《傳奇》裡有諸多有關於香港的故事，張愛玲說我這本書是「為上海人寫的一本香港傳奇」，如果我把它翻譯一下，以地域為作為一個基準或者是尺度，就是寫給南方人的一本有關於更南方人的故事。張愛玲在她的散文《燼餘錄》裡也有提到，她覺得「香港沒有上海有涵養」。上海作為一個半殖民地，相對於香港作為一個殖民地，好像仍然存在某種道德的優勢。非常有意思的一點，咱們說起北方，從中原心態來考量，向對於南方有一種類似俯視的這樣一種文化的觀照。但是實際上南方內部實際上也存在一定程度的有關於文化心態上的高下之別。我想聽聽您在這個方面的說法？

蘇童：剛才我們也恰好提到了所謂南方，你剛才提到香港，香港是南方以南，包括廣東。比如我們現在所說的四川，大概也算南方，但是它就是蜀文化，比較獨立一些。江南這是一塊，嶺南文化即使從歷史上來看，它是比較晚起的，當時氣候的原因，包括很多是非常荒野的地方。這樣的文化，隨著你剛才提到的，原來我們說長江以南，比如說有一些小朝廷，什麼南北朝等，但是幾乎沒有產生有巨大影響的，南宋是一個開端，宋是一分為二的。但是也恰好因為……，大家現在一提到南宋，想到的是亡國，想到的是悽楚，是悲涼。即使一個政權偶爾的流落，一般都是流落到南方，而一個新興政權是往北方去，就像是明，大家知道朱元璋是南軍，當他興旺的時候是要往北方去的，當他衰落的時候他要往南方尋找一個安全港，這是兩個方向。這是一個滿有意思的事情。從今天來看，因為所謂的南方，恰好把歷史重新改寫了，現在南方意味著與世界接軌，商業文明的這麼一個充分的發展，而北方似乎相對的沉寂，但是大家也記得，北京還是黨中央所在地，即使這樣。

葛亮：是不是也意味著審視整體的世界格局，普遍呈現出來這樣一種趨勢，實際上就是文化中心與政權中心要分離？在這樣的情況下您覺得現在的南方相對於北方，在文學上或者文化上，它有什麼樣的前景和優勢呢？

蘇童：首先在政治上，在大文化上，我們已經把它說的夠多的了。即使在國際上，比如說南南合作，所謂的南南合作是指弱國與弱國的合作，因為所有的北方，北方文化其實不僅是中國的事情，北半球和南半球，大家想一想它的差異，那些所謂的發達國家，基本上好像都是北方強、南方弱，美國也是。我一直覺得我們在討論中國的南方文化顯得蠻突兀的，為什麼呢？其實所謂的南方文學這個詞、這個概念，我腦子裡第一想到的是美國的，所謂它在文學史上很確鑿的流派，或者是一個寫作群體，以福克納代表、奧康納為代表、麥卡勒斯為代表的，這些人都是來自於南方。美國也有南北的問題，大家都知道所謂「南北戰爭」，美國的南方，在北方已經進入工業革命、進入民主社會的時候，南方很多莊園主還在馴奴隸、還在養奴隸，還沉浸在農業文明當中。福克納成為所謂的美國南方文學的一個精神符號，其實他有大量涉及到當時真實的南方生活，他小說裡很多人物，一個白人作家那個時候是不會寫黑人的，但是他寫了黑人。當然在美國的南方，還有其他幾位作家，比如說卡斯林，我一直認為他有一點南方歌德式，因為越是農業文明占主導的這麼一個地區和區域，鬼文化比較盛行，幽靈文化比較盛行，那些來自南方的作家他更多利用了這些元素，在這麼多文本的貢獻下，類似的文本貢獻下，形成了南方作家、南方寫作。那麼反觀我們自己的文學來看，其實從三四十年代來看，昨天咱們聊天時你提到了京海之爭，就是所謂京派和海派之爭，描述南北文學之間的事件。

葛亮：實際上也是中原心態在現代文化界的輻射。

蘇童：這必然要提到上海，我一直很迷惘上海怎麼定論，它是南方嗎？當然它毫無疑問地理位置是在南方，但是上海這個城市所代表的所有的面目，它似乎又遠遠超出了南方的意義，因為它的殖民地色彩，因為它的世界性城市，在三四十年代那麼一個超大型的，就像是一個諾亞方舟一樣，全世界想找一個稍微安逸一點的，又跟時代在一起的，可以跑到上海去。那麼我們的文人，事實上因為種種原因、各種原因，幾乎現代文學史上所有的文人都在上海住過，有的住天井街，有的住小洋樓，這也造成了在當時的一種文化現象。很奇怪，北方文學在哪裡？我覺得也許在三四十年代，這是一個問題。剛才我們說到了京海之爭。當然沈從文是發起者，但是沈從文在發起這個所謂的京派、海派之爭之前，其實那個時候沒有所謂京派和海派的說法，沈從文是因為在二十年代末在上海有一段極其潦倒、極其貧困的生活，對於上海這個地方留下一個惡夢一樣的回憶。他在上海辦雜誌的時候，跟胡也頻他們，辦了好幾家雜誌，不知道為什麼給他的稿費特別低。而當時稿費已經很高了，但是他的稿費特別低，因為他有理想嘛，辦二本雜誌要花費大量大量的錢，然後他拼命的寫東西，寫東西碰到那些又不給他錢、不給他稿費。他每次都要跑到出版社的門上，去跟那個出版社的老闆討錢、要錢。所以他的自尊仍在，那麼他在上海遭受了這麼一個所謂商業文明對他的一種極大的損害之後，他的心裡是有怨氣的。我想到了三十年代，他後來到北京生活之後，他寫的對於上海文人的這些討伐，我覺得他有一個情感背景，他是深受所謂的上海新的商業文化的摧殘，導致了他在精神上有那麼一種遲早要爆發於此，當然最後找到了一個契機，是張思平之類的這些人惹他生氣，然後開展了一個大的討伐，這是中國文化史上比較少有的以文字記錄的南北對峙，當然時間也很短，僅僅持續一年而已。

葛亮：這次對峙有意味的一點，沈從文對於上海，您剛才講到了因為他個人曾經的經歷和流徙，實際上產生了一種不認同和反感。這造就了他對所有城市化元素都是一種相對來說不認可，甚至敵對的心理。我們知道沈從文先生，他本人所表現出來的感覺，還是比較敦厚的。但是一旦他寫到城市，比如說他的一些名篇《長河》、《蕭蕭》和《邊城》等作品，只要寫到城市，他立刻表現出的立場是城市就是壞東西、鄉村都是好的，他所謂的要造一座希臘小廟，供奉的是人性。這「人性」一定不是城市的，而是來自於鄉野的。他把它作為創作的初衷放置進去了，也包括他對於京海這次非常重要的論爭。但其實這對於中國現代文化格局是一個意外的收穫，因為之前那幫上海的文人，說實在的，開始並沒有群體性的意識，或者我們是一個完整的文學海派的觀念。而這個觀念恰恰是因為沈從文的討伐，乃至於後來魯迅先生從相對來說比較客觀、比較高屋建瓴的立場，接連寫了《「京派」與「海派」》、《「北人」與「南人」》幾篇文章才定論下來，他當時講了一句話，意思就是說其實你們誰也別說誰了，所謂的「京派」是所謂的官的幫閒，而「海派」是商的幫忙，區別就在這裡而已，實際上你們都差不多。但是因為這樣，就使得我們作為後來文學史的梳理者和觀望者，我們有了對於「京派」和「海派」這兩個派系之間某種完整的認識。其實挺有意思的，本來是一團糟的一件事情、本來是一個敵對的事情，但是現在我們談，反而完整了文學史上某一部分的架構。

蘇童：海派在今天看來比較中性，但是當時是懷有惡意的、懷有嘲諷的那種，非常敵意的，所謂的京派作家的發明。所以後面又有一個，如果他自己是京派，那麼海派是商業的、為錢的，文學品格是低下的，有那麼一種俯視。從文本上來說，因為當時所論定的京派作家都是我們現在文學史上最重要的作家，而當時所謂的海派作家，都是現在煙消雲散了的。

葛亮：我知道蘇童老師對很多美國南方作家情有獨鐘，您剛才已經提到了其中幾位，您會不會覺得相對於中國南北有關文學的分界，美國的南方作家表現出更為強烈的個性，比如說剛才提到了奧康納，他表現出一種邪氣，而麥卡勒斯的作品中也表現出酷烈的感覺，相對於中國現當代南北文學，為什麼沒有出現這樣帶有強烈對立感的態勢呢？

蘇童：美國上個世紀到現在的文學當中，南方作家其實某種意義來說那是美國文學的本質，尤其是以福克納為代表的，至少在幾十年之內成為某種標杆。奧康納其實蠻有意思的，她有小心翼翼的反道德傾向，她反道德是反美國所謂的基督教文明，帶有宗教文明色彩的那麼一種大眾文學，所以她剖析每一個人都有小小的犯罪和陰暗心理。他幾乎所有人物當中，然後對於罪惡的描述，與美國所謂的主流文化其實是格格不入的。而福克納的偉大之處，他其實是將自己放的很低，他在寫那些非常複雜，甚至是非常晦澀東西的時候，他都是一個，我聽我奶奶說的故事，我現在把它寫出來，這樣的一個姿態，他得益於南方，他是有故事的，而北方是有文明的。當然這個故事離文學、離寫作更近一點，我想這就是美國文學當中南方的優勢。但是現在我有一個問題，我認為語言是非常重要的，這是對寫作中樞的這麼一種控制，但是你要知道，儘管美國南方人有口音，但是他說的語言基本上……，一個北方德克薩斯州的人說的英文，跟一個紐約人說的英文，當然口音有差異，但是確實完全是一樣的。

葛亮：不影響溝通。

蘇童：是啊。但是你是廣東人，我是江南人，蘇州人，那麼我說的一個是吳語，一個是粵語，表達出來都是漢字，但是思維、句式，甚至語法都是有差異的。我不知道該怎麼描述，但是事實上我們現代文學史上很多很多大師，恰好都是來自於南方，有魯迅、沈從文、張愛玲、茅盾，全部是這樣的人，當然也有北方人，林語堂、梁實秋等。南方文學今天我們把它引入一個話題，但是在我們所有的文學史當中沒有這樣的說法，什麼是中國的南方文學？

葛亮：剛才蘇童老師提到一個很有意思的話題，實際上就是文學和語言承載的關係。昨天我們聊天也提到香港書展發生了一點故事，香港書展每年都會邀請一系列的文化名人、作家一起對公眾進行演講，就出現了一個什麼樣的事情呢？因為觀眾都是慕名而來，很多都是兩岸三地的，考慮到語言接受度的問題，中間就有朋友建議某些香港本地的作家或者是文化人，他們可以用普通話演講。但是這一點，遭到了很多當地文化人的不認同，甚至於抵制，比如說彭浩翔。他當時就是覺得我在香港，我為什麼要用普通話來表達我的觀念？但是從另外一個角度，他把它上升到一種本土語言甚至文化保護的層面，使得這個話題就變得十分意味深長。一直以來我們覺得南方，南方本身的語言系統非常混雜，您剛才也提到了，有粵語，有閩南語，也包括您成長所在的吳語區。有一種觀念就覺得，我們現在如果不在文學上甚至文化層面儘量地使用這些語言，就可能造成我們整個本土文化系統的衰落甚至於坍塌。有一個經常被提起的例子，這就是韓邦慶的《海上花》，現在公認是一部非常優秀的作品，甚至於很多的現當代作家，包括張愛玲，都為它搖旗吶喊，甚至於逐字逐句的把它翻譯為所謂的現代白話文。但是一直以來它都沒有得到很好的流傳。所以從某個意義來說，您覺得如果在將來作為一個作家的創作實踐上，是不是可以將一些對於本土方言的使用引入到自己的創作中，來表達自己對於本土文化系統的接納、傳承和認同呢？

蘇童：我今天在這裡表態，肯定說應該試一試，但是其實我心裡不想，因為賣不掉。我以前讀過……，你剛才說吳語，用吳語寫作的小說也有，《何典》。那完全是吳語，晚清的時候，作者的名字我忘了。因為我對吳語有一點感受，我所接觸的像韓邦慶的《海上花》也好，還有《何典》也好，從吳語轉換成我們所說的現代漢語，它的難度其實不是太高。但是粵語，廣東話，其實是很高很高的。廣東話在轉換的過程中，我以前去香港，我覺得香港有幾份報紙是看不懂的，因為它有的專欄完全是用廣東粵語的發音去變換成文字寫的東西。對我來說，真的變成一種外語，真的完全看不懂。我在想這個方面做某種嘗試，作為一個文化意象的東西，它可能是有價值的，但是一般大概很少有作家有這樣的決心，為了對自己的某一個區域語言發揚光大，而去做出這麼巨大的犧牲。其實讀者是會流失的。我其實沒有興趣的。

葛亮：那從某種意義來說，您覺得南方文化相對於北方文化，在將來整體創作格局方面，會不會有一天有異軍突起的可能呢？因為文化與文學是相關的，我們看到中原文化相對來說是比較大一統的，但是南方文化實際上它有自己相對獨立一些的面目，比如說吳文化、比如說粵地的百越文化，這些東西實際上它體現出的是有一種非常微妙的，有關於歷史的，甚至有關於人文的，可以致力於去保留和發揚的、但是現在還沒有挖掘出來的東西。您覺得有一天，如果真的有作家去嘗試，把它去強調和放大，有沒有一天有可能說對北方的中原文化造成一種超越呢？

蘇童：我覺得不必去考慮超越的問題，多元是我們對於文化最低的底線。而這個底線當然是即使某個時代，它以一種文化企圖去覆蓋另外一種文化，但是我真覺得文化是不容易死的，因為它確實不光是一本書、不光是一段文字記載的東西，因為它是人在傳承，一代一代的人在這裡，所謂的野火與草的關係，即使是意外的災害也燒不乾淨。我們今天一直在探討的是北方與南方相對之間那麼一種似乎征服與被征服、強勢與弱勢之間的關係，在談融合，其實我們也許在過度的描述這一種不同。還是回到我剛才的那個說法，一個人從生下來到他老死，他不止拖一條尾巴，文化的尾巴不止一條，在他一生當中有可能是幾千條。沒有一條文化的尾巴是一定正統的，也沒有一條文化的尾巴是應該割掉的，文化就是這麼一個東西，它就在你身上，恐怕沒有更多的理由去要求南方文化反撲北方、反撲中原，也沒有理由去相信中原文化、北方文化一定會侵蝕南方文化。所有的平衡一定是在對峙當中產生的，所以我們在描述平衡的時候，同時也在描述對峙。

葛亮：作為一些特定的文化群體，有時候文化危機感存在是否有意義呢？舉一個例子，香港現在可能都沒有太多認知了，實際上香港最早是有一個區域，保留了完整的佘瑤文化，但是現在只剩遺跡，完全看不到一種成型的文化它還存在了，所以它確實從某種意義來說是被覆蓋，甚至於消亡掉了。從人文的研究者，甚至於作家的角度，有時候會有責任去把這些東西，從星星之火的狀態再加以復興，比如說少數民族的文化文本還存在著，這方面的意義您覺得如何？

蘇童：這當然是非常有意義的，把它放大到所謂人類學、文化史上這種意義上去探究的問題，因為有的是非常可惜的，比如說滿語。因為滿族文化在滿族，這幾百年來不停的被漢文化吞噬，他拿了你的江山，但是他的文化被漢文化一口一口吞掉。我聽說過，我沒有論證過，我們現在懂滿族文字的，全中國據說不超過十個人，我不知道這是不是真的，能通讀滿族文字、寫滿語的，已經到了這麼一個……，所以你說的，要消亡其實也很容易。我不知道怎麼說，如果說要保護，當然有它的道理，但是如果說一個文明這麼脆弱，還要它幹嗎？這是我的一個，說起來不太好聽的觀點。我不好用達爾文的「進化論」來說，文化的優劣之處，文化不可以說它哪一個優、哪一個劣，但是如果一個文化那麼容易就死亡，說明它不強大，我們對它唱一首挽歌是必要的。

葛亮：甚至於在世界範疇之內，有一些您剛才講到的消亡的文化和語言，有很少數人還在對它小心翼翼地保護，比如說「吐火羅」文字，之前季羨林先生帶著他的弟子們企圖把它保留住，然而他的研究生在漫長的科研過程中不斷的流失，是十分教人惋惜的事情，但也確乎令人無奈。

INK PUBLISHING 文學叢書 368

浣熊

作　　者　葛　亮
總 編 輯　初安民
責任編輯　洪玉盈
美術編輯　林麗華
校　　對　吳美滿　洪玉盈　葛亮

發 行 人　張書銘
出　　版　INK印刻文學生活雜誌出版有限公司
新北市中和區中正路800號13樓之3
電話：02-22281626
傳眞：02-22281598
e-mail：ink.book@msa.hinet.net

網　　址　舒讀網http：//www.sudu.cc
法律顧問　漢廷法律事務所
劉大正律師
總 代 理　成陽出版股份有限公司
電話：03-3589000（代表號）
傳眞：03-3556521
郵政劃撥　19000691　成陽出版股份有限公司
印　　刷　海王印刷事業股份有限公司

港澳總經銷　泛華發行代理有限公司
地　　址　香港筲箕灣東旺道3號星島新聞集團大廈3樓
電　　話　(852) 2798 2220
傳　　眞　(852) 2796 5471
網　　址　www.gccd.com.hk

出版日期　2013年10月　初版
ISBN　978-986-5823-12-2

定　價　290元

國家圖書館出版品預行編目資料

浣熊 / 葛亮著；
--初版，--新北市：INK印刻文學，
2013.10　面；14.8 × 21公分（文學叢書；368）
ISBN　978-986-5823-12-2（平裝）

857.7　　102009818